母亲的节气

皇甫卫明 著

内蒙古文化出版社

图书在版编目 (CIP) 数据

母亲的节气 / 皇甫卫明著. —— 呼伦贝尔 : 内蒙古
文化出版社 , 2023.3
（中国好美文）
ISBN 978-7-5521-2166-7

Ⅰ . ①母… Ⅱ . ①皇… Ⅲ . ①散文集—中国—当代
Ⅳ . ① I267

中国版本图书馆 CIP 数据核字 (2022) 第 217692 号

母亲的节气
MUQIN DE JIEQI
皇甫卫明　　著

责任编辑　白　鹭
封面设计　鸿儒文轩·末末美书

出版发行　内蒙古文化出版社
地　　址　呼伦贝尔市海拉尔区河东新春街4－3号
直销热线　0470－8241422　　邮编　021008

排版制作　北京鸿儒文轩文化传播有限公司
印刷装订　三河市华东印刷有限公司
开　　本　880mm×1230mm　1/32
字　　数　140千
印　　张　7
版　　次　2023年3月第1版
印　　次　2023年5月第1次印刷
书　　号　ISBN 978-7-5521-2166-7
定　　价　48.00元

目 录

立　春

一过腊八，空气中便有了丝丝缕缕的年味。

父亲照例扛回一袋白菜，用钉子穿了菜根，悬空挂在玄堂屋人字梁底下。这是农家惯用的储藏方式，也防贪嘴的老鼠咬噬。当梁下陆续挂上一串未氽开的干肉皮，或许还有几条咸腥的咸鱼干的时候，家里的年味也就越发浓郁了。

腊月廿四过后，家里还没备下猪头，母亲先着急起来，没有猪头的年怎么过，拿什么待客？就像没了火星子的脚炉烘不暖脚，断了一绺鬃毛的弓拉不响弦，过年没有猪头，一家人在邻里亲友面前也失了面子。

猪头是家家必备之物，太紧张了。队里宰了两头猪，猪头、猪下水常常分不均，吵得不可开交，干脆每户出一人"吃碰头"。母亲先是四处托人买，终未如愿。看村上门路广的人家，两个三个猪头拎回来，母亲愈发焦躁，唉，只求一个，哪怕半个也行呐。

敞开供应的猪头少之又少，得凭运气。母亲特地起了个早，踩着冰雪出门那会儿，我和家里其他人还在睡梦里。午后，她回来了，两手空空，一脸沮丧，说蒋巷"肉砧墩"一天宰杀三四十头，排在她前面的不过二十人，轮到她时恰好没有了。一准是走了后门，或截留了！母亲恨得咬牙切齿，转而嘀咕，怪自己起晚了，埋怨父亲没本事。

母亲决定隔夜再去排队！

果然如愿，母亲很兴奋，从半夜屠宰场响起第一声猪的嚎叫说起，又说到她等到肉铺子开门，猪头拎在手里才踏实。至于这一夜怎么熬过来的，只字未提。

猪头白生生的，细观，猪毛没褪尽。先用刮刀刮，拐角皱褶处用夹子拔，父亲弄了大半日，翻过来转过去，直把猪头捯饬得光光溜溜、白白净净。

除夕这一天，父母一早就忙开了。父亲干大活，烧猪头、开油锅、铡笋干。母亲干细活，嵌油片、做蛋饺。先剁肉糜，刀刃敲击砧板，笃笃，笃笃，笃笃，母亲不善使双刀，每节敲击声前重后轻。我帮衬着干这干那，学着母亲的样子，就当玩游戏。挑个大方正的油片，用筷子戳个空，把调好作料的肉糜塞进去；坐在煤炉前，用一块板油擦一下锅底，倒入一勺打匀的鸡蛋液，摊开，放肉糜，卷起，翻身……

灶膛里架了硬柴，火烧得正旺，灶脚灶身都暖烘烘的。猪头用斧子劈成两半，焐在大铁锅里。隐隐的肉香弥散开来，葱姜八角味使得肉香更醇厚。整个村庄浸在肉香中，每一口呼吸都显得奢侈了。每家每户，烟囱里的炊烟从早到晚没间断过。室外见不到一个人影，往日在外疯跑的孩子，都规规矩矩守着灶台，激动地等待着猪头起锅。

另一口油锅前，父亲氽肉皮，氽爆鱼，氽小鱼。他还不时兼顾着那口猪肉锅，拿着一双长筷子戳着锅内肉块。问，好了吗？父亲摇摇头，还早呢。同一口锅内，猪耳、猪肚、肋条……相继起锅，猪头继续焐着。烧猪头是慢活，没五六个小时火候不够。

两三点钟光景，猪头终于起锅了，搁在脸盆里。趁热气腾腾，父亲洗净手，开始拆骨，大概被烫着了，嘴里哈哧着，使劲掰扯着，唤我递剔骨刀。我们兄弟俩歪着头，凝视着父亲的一举一动，弟弟鼻子夸张地吸着，眼珠子几乎凑到猪头上。

终于卸出两片头骨，好肉长在骨头边！父亲笑言。连吃带玩是孩子的最爱，这么大肉骨头，一年难得享用一次。连啃带撕，龇牙咧嘴。凹处、洞孔里的肉咬不到、挖不出，吃得一鼻子油腻，一脸狼狈。

那时猪头都是原装品，猪耳猪舌猪鼻俱全，可单独作冷盆。两层皮夹一层薄脆骨，拿我孙女现在的话，叫唧呱唧呱的耳朵丝；舌头舍其谐音"折"，习惯叫"赚头"，讨个吉利；猪有事没事拿鼻子拱泥，猪鼻子既接地气又是活络肉，可是猪身上最香、口感最好的部位。说它肥肉，不是，说瘦肉也不是，富含胶原蛋白，黏黏的，又不乏劲道，人间美味美不过猪拱!

卸去最好的部件,剩下的猪头肉深度加工,肥肥瘦瘦,剁碎了,回锅,加盐加酱油,焐得透烂,融在稠腻的汤汁里,起锅前撒一把蒜花,冻结成猪头糕。整块成型随容器,放脸盆像脸盆,弧线凹槽原样复制。

农事紧张,乡间酒席集中在春节,春节尤其热闹。酒席,或家常宴请,第一道菜必是拼盘,水芹、皮蛋、猪头糕,这都是约定俗成的标配。焯过的水芹淋上葱油,皮蛋切成花浇上酱油,一方猪头糕切成厚片整齐排列。孩子们的筷子首先伸向猪头糕,夹一块在筷头,半透明的肉冻长着花,翻来转去端详,花色花型个个不同。入口略带弹性,在唇齿间化开,鲜香沁入五脏六腑,小脸乐成一朵花。

吃年酒,走亲戚,排着日子这家那家跑,菜肴大同小异,一块土地上长出来的父老乡亲,手艺也差不多。早早备下的食材,生怕糟蹋了,咸鱼干得硌牙,咸肉咸得出汗。唯有猪头糕鲜香如一,上桌即罄。

猪头糕佐粥绝佳,在没完成待客前,父母决不允许我们碰它。偷吃一口缺个角,挨一顿骂算轻的。一角,一半,大半,盆里的猪头糕如月盈月亏,最终剩下一抹残月的模样,表面长出了霉点。母亲不得不回锅煮了,趁着热烫,连汁带肉浇在饭碗,就着这一点点残留的年味,来不及细品便下肚了,席间众人直吃得你看我我看你。

换糖佬佬又来村里吆喝,晒干的鸡毛,连同半墙上两块猪头骨,被母亲换了引线、皮筋,顺带着兄弟俩每人获得一颗糖丸。

年味殆尽，猪头肉香殆尽，就要耐心盼望下一个春节了。

节气守着公历，恍惚细微，春节以农历为纪元，早晚相差二十多天。农历年特例可能有双春，也可能无春。传统的说法，无春年不吉利，乃寡妇年，农家着急把计划春节里办的喜酒提前到年前。一般说，平年春节在立春前，闰年下一个春节在立春后。

关于小吃，我在多篇文章中写过，这里单说春节小吃。

春节待客，酒菜无须多说，小吃是必需的。男人们消费烟酒茶，女人和孩子呢，饭后空坐着等晚饭？那得准备些零食，不管好吃孬吃，不管甜的咸的酸的淡的。

瓜子专指南瓜子，又叫番瓜子。南瓜一辈子贡献可谓大矣，打头的瓜藤瓜叶既做菜也作饲料，等南瓜成熟，瓜皮喂羊，瓜瓤喂猪，瓜瓤中挤出瓜子，可能有一把，可能十几二十粒，将上面残留的黄腻瓜瓤淘洗干净，拣去秕粒，摊在篮底晒干，收藏，从盛夏吃第一个南瓜开始，木桶内瓜子日积月累，三五十个瓜不过攒三五升。南瓜子呈黄白色，椭圆形，周边一圈棱。炒熟，轻咬尖端，壳皮裂开，青绿菲薄的胚乳附着两片对生的子叶，果肉就是子叶，即种子长出的第一对胚芽。多年历练的舌尖如长着眼睛，一舔一勾，唇齿间隐隐脂肪油的鲜香。

葵花籽，母亲叫它香瓜子，或因香气浓郁，或因来自向日葵，其实与香瓜全然不搭界。向日葵厉害，只一颗小小的种子，发育成高大粗壮的秆，宽厚的叶，硕大的盘形花，一个花盘上插一两千颗种子。母亲把向日葵种在屋后、河边、田埂边，都是贫瘠荒芜的逼仄地方，每年沤以基肥，除了浇水之外，基本放任不管。深秋收回花盘，抽空，放在淘箩中，把籽推下来，晒干贮藏，留一把种。母亲经常唤我推瓜子，葵花籽是倒长的，尖的一端插在盘上，一颗籽一个窝，以拇指或手掌使力推，大把的籽落在淘箩中。手上黑黑的，浓烈的气味残留好久，香过了头，变得臭烘烘。

葵花籽是瘦果，外形尖细，壳皮呈白色、黑色、褐色，或黑白条纹。呱的一声轻响，雀舌样果肉蹦出来，细小得只够塞牙缝。

发芽豆多年没吃到了，昨儿夜里还梦见呢。它算不得上台面的零食，估计城里人大多没吃过。初夏嫩蚕豆可谓时鲜，可惜时令不长。五香豆大概算得上极品风味了，上过大商店副食品柜。有名的绍兴茴香豆也是蚕豆，皱巴巴的表皮沾白花花的一层盐霜，豆肉硬而味寡淡。豆瓣酱根本不是豆了。泡软了，剥出豆瓣，用来做豆瓣咸菜汤，青黄不接时农家以此维持。炒蚕豆不稀罕，得靠一口好牙。有个段子，上海人第一次吃到炒蚕豆，说很香，就是核太大了。发芽豆源于哪朝哪代，史书中并未记载，或许这等小事，是进不了大雅之堂的。估计这是先祖无意间的发现，而非刻意为之的发明。蚕豆种于深秋，为越冬作物。有人饿极了，从人家地里偷回刚发芽的豆种，发现更好吃。发芽豆制作类似扼豆芽，有的地方叫发豆芽。扼，有控制的意思，控制阳光、水分、空气，控制发芽程度。干豆浸泡一晚，让它吸足水，盖上湿布，让它发芽，等它还没来得及长出根，马上晒干。发过芽的豆更松脆，且有隐隐的甜味。

荄片，以麦面、高粱粉、玉米粉等为原料，荄即玉荄、玉米。母亲去加工厂轧面粉，喜欢在小麦中掺一点高粱和玉米，拿到手后虽不及纯粹的麦面白净，却另有风味。和面时加一点糖精，如果撒些芝麻，那就更香啦。擀薄，切条状，再切成方片，晒干。炒荄片得以砂辅助，没用过的砂很干净，像白花花的细盐，重复炒用慢慢变黄。先在铁锅内放小半锅砂，荄片混入其中一起炒。父辈真聪明，由砂将铁锅汹涌的热量均匀传递给炒品，避免了受热不匀而焦煳或不熟。炒荄片香脆甜，声音也是享受，咔，咬一口，呱嗒呱嗒嘴里嚼，三四个孩子在一起吃，那热闹劲让大人流口水。荄片容易受潮，可是储藏得好能脆好几天。

一个午后，爆米花的老头如期而至，软毛竹扁担咯吱咯吱，挑子一端挂锅和炉子，一端是风箱和煤炭匣子。老头黑瘦，衣着也黑瘦，所有家什都黑不溜秋，与煤炭一个色调。老头无须吆喝，弄堂口一摆挑子，自顾生炉子。边上那户看到了，占个先机，第一声轰鸣就是广告，还有馋嘴的毛孩子，那更是免费的流动广告。不多一会儿，弄堂里排满各家送来的米、小麦、大豆、玉米、高粱……上面盖着花花绿绿的糖精纸，篮子或袋子也摆在一起。

爆米花锅再造了锅的样貌，鼓状肚子滚圆，摇把这端有一个压力表，收小的锅口在外端，竖起锅，倒入一升（只能一升）粮材，以螺旋拧紧锅盖，密封，架在煤炉上，一手摇手柄，一手拉风箱，呼——嚓，呼——嚓，新鲜空气源源不断送入炉灶底部，火红或幽蓝的炉火随着风箱节奏一窜一跳。压力表上的指针徐徐转过去，到一个点上，老头紧摇几把，起身，抖开厚重的大麻袋摊在地上。放炮了！一群凑近看热闹的孩子立马跑开，有的躲得远远的，双手捂着耳朵。老头把锅转过 90 度，锅口插入麻袋口，脚踩着锅肚子，一手持把，一手使力一扳，砰——一声巨响，腾起一股白烟，麻袋抖动了一下，瘪塌塌的底部顿时充胀起来，似突然窜进去一只活物。老头提起麻袋，把米花抖入本家预先备好的大篮子。米花散发着热腾腾的白烟，锅口逸着白烟。继续下一锅。

只那么几分钟，绝对不超十分钟，生米变成香脆的轻飘飘的米花，体积一下子膨大几十倍，简直是魔术。小伙伴说，那些米在锅里已经膨胀了。我觉得不可思议，一口小小锅怎么放得下呢。应该是在出锅的一瞬间，压力骤然变小，那些东西瞬间爆大的。后来从潜水知识中依稀得到答案，说潜水员深潜上来，上几米得缓一会儿，否则导致胸腔爆裂，像爆米花一般。

爆米花，依然保持着米的模样，只是个头胖了许多。小麦爆的米花呢，凹槽依然在，表皮仅剩红黄斑点，不细看还以为剥了皮爆的呢。爆玉米不那么中规中矩，硕大，丑陋，口感有些老。

大部分人家不只爆一锅，还变换品种。每完成一家，后面的人就把篮子往前挪一格，等待美食的耐心是任何一种耐心无法比拟的，砰砰的爆锅声也不再那么可怕，至少不捂着耳朵了。夜说来就来，通红的炉火映着老头机械忙碌的身影，老头神情专注，来者不拒，收钱找钱才偶尔吱一声。母亲说，抢个早要谢双脚，我以人排队，母亲拿着篮子后到，早到三五分钟，结果提前了一两个小时。米花吃爽了，洗脚上床，迷迷糊糊间，隔一阵依然有嘡的一声送我入梦。

翌日，走过弄堂口。弄堂空荡荡的，地上残留着一摊灰白的煤灰，一脚踩碎几块煤渣，核内残存没燃尽的黑色。隐约有砰的一声飘来，不知来自周边哪个村巷。昨日的情景恍若眼前。

雨　水

屋后的马兰头悄然返青。似乎还不到吃马兰头的节令，一大块的葱葱翠翠铺在那里，从书房后窗看去，密密匝匝，一朵朵挤在一起。边缘地带和稀疏处也长得蛮像样了，尝个时鲜也未尝不可。

从公寓房搬到别墅区恰好二十年。刚来时，屋后还是一片农田，虫啾蛙鸣，稻长麦黄。我带着女儿到田埂上挑荠菜、剪马兰头，让女儿接触自然，感受野趣。女儿不喜食马兰头，持续到现在依然如是，说不喜欢怪怪的味道。没几年，粮田变成一栋栋别墅，田野退到村庄后。村里在各家屋前屋后种树栽花，铺上草皮。回填的泥土贫瘠，又缺乏管理跟进，没多久，草皮枯黄，野草葳蕤。村里干脆放弃人造植被，隔一阵，来一帮老头老太，或者派一台割草机，哗哗哗突击一次，留着一截野草当草坪。

我家屋后那块空地，底下填的是建筑垃圾，表面覆盖着一层薄土。那是远处运来的熟土，有不知名草根牵牵绊绊，原以为草根经过捣细了暴晒，又反复踩踏，早已枯竭了生命力。谁知道来年，草根醒过来了，冒出青翠，种类居然与周边"土著"不大一样，比如说有马绊筋草，有牵牛花，还有……星星点点的马兰头。有一天丈母娘准备选一处合适的地方，除去杂草，剔除瓦砾砖片，松土、挖塘、沤肥……准备栽一塘丝瓜。一天到晚与土地打交道的老人有着职业敏感，居然发现杂草间藏着马兰头，她颇觉惊喜，唤我们两口子参观。尔后，她坐着小凳子，耐着性子，用镰刀、凿子清理杂草，来一次，清理一次，直到斩草除根。不久，我家吃到第一顿马兰头。

屋后，从墙体到水泥过道的裸地，约二十平方米。冬青、紫茉莉占了不少地，棕榈树、紫薇花只占空间不占地，屋后本来缺少阳光，春夏北移的旭日有短暂的斜照。一般蔬菜没有足够的光照是长不出息的，但那对马兰头而言，足够了。这野菜本是生命力极强的野草，长在干结的田埂边，缺少肥水滋润，任羊啃脚踩，任人刈割，凭着雨水和露水自然津润，倒也随遇而安。丈母娘精心管理，割一茬，浇一次肥水，过一阵又是发了疯般升起一茬葱绿。野地里的马兰头已经老不可食，开花了，这一块依然嫩绿，割了不知几茬。隔一夏，把老的割掉，秋天还能生出嫩枝叶，直到初冬。人勤地不懒，有人管理的季节性野菜颠覆了节令，大大延长了收获季。

　　巴掌大一摊马兰慢慢蚕食周边荒地，基本占据了所有能生长的地方，成一畦菜地。这一畦马兰，究竟属于野生还是种植的？野生的马兰因为光照长，通常茎叶发红，棵形摊开，而它们葱绿，茎叶长而嫩。几年下来，地上盘根错节，似厚厚的网床。可是这也不好，等到来年，这一摊马兰退化了，那些叶子不再滑嫩，长成毛茸茸的"毛马兰"，不敢吃了。经常种蔬菜的邻居说，挖去老根，吐故纳新。丈母娘顺便把挖下来的根带走，说种到屋后，让它延续香火，焕发新生。

　　蔬菜能够颠覆节令的限制，大棚的出现是首当其冲的原因。冬天吃西瓜，夏天吃萝卜，农家瓜果菜蔬还在育苗床萌发，超市里已经上市了。荠菜、马兰头以前只长野地里，现在移栽到菜园子；以前种的苜蓿菜（草头），现在返璞归真，遍布田埂、荒野，草头本就老，野地里更老而柴，我等牙齿退化的人更不喜欢了。

　　第一次吃马兰头的情景已然不记得，可能那时我还不太懂事。也许如女儿所说怪怪的，说宛转些味道特别，反正与家常蔬菜不一样。母亲说，马兰头清凉，明目。她对苦酸的口感情有独钟，说苦的大补，酸的开胃。不知这是来源于经验，还是道听途说，还是怕我们排斥。若还有菜薹、阔叶蒜、莜麦菜、莴苣笋等应季蔬菜，筷子还有选择。桌上就一个菜，你不吃，吃白饭呐。母亲加工马兰头的方式，可谓几十年如一日。乡下人谓凉拌菜为腌，腌制咸肉咸鱼叫腌，以盐、糖、酱油浸渍也叫腌。焯水，剁细，拌上盐、酱油，淋几匙热菜油，以筷子搅匀。酱油就是酱油，不分生抽老抽，不分酿造兑制，一直是不知品牌的零拷酱油——若干年后，母亲第一次在我家吃到冷盆蘸"老蔡"酱油，惊呼酱油的鲜美，孙女告诉她，她以为是"老太酱油"，孙女让她带一瓶回去，她如获至宝，舍不得吃。早先没有细盐，都是大颗粒粗盐，拌菜前用刀柄轻轻碾碎，时间仓促或太马虎，大颗粒没来得及溶开，咯嘣一口，咸得额头出汗，母亲还不许吐掉。

荠菜只比马兰头稍晚几天，可能父母不太喜欢吃，也可能野地里比较少，弄一碗得付出几倍的工夫。有老人称之地菜，相反把地衣叫"天菜"。也有叫百脚菜，很形象，整个儿塌在地上，叶片像锯齿，很容易联想到蜈蚣的脚。我兀自以为那是典型的野生荠菜，还有一种板叶荠菜，叶大而锯齿少，似乎嫩一点。如果挑选荠菜的话，我当然应该认识，不知同龄人是否留意过，这是荠菜，那也是荠菜。田埂上很少见到荠菜，它喜欢凑村里的人气，鸡鸭狗出没的树林、竹园、小河边、竹篱笆底下，杂草丛中，或者干脆长在农家土场。它的样子灰突突，干巴巴，不太有生气。有些野草小时候与荠菜超级相似，比如辣蒿，常有看走眼，错把它们当荠菜了。母亲帮我拣荠菜，随手一翻，把混进来的草挑出来，丢在畚箕里。她说，就算闭着眼睛摸，凭手感就能识别。那些足以以假乱真的野草，长大粗壮后，样貌迥然不同，不过荠菜已经开出了白色小花。荠菜扎堆长不好吗，偏要混在模样差不多的杂草中，也许这也是植物的求生本能。

都说荠菜鲜美，鲜美不假，全仗荤腥支撑。没有荤油滋润，素烧荠菜不好吃，母亲说吃到喉咙里毛拉拉的。我有同感，荠菜炒肉丝、炒时件，荠菜肉馅饺子、馄饨，哪样不靠肉？荠菜羹如果没有荤腥，没有蛋花、油渣，肯定不好吃。所以，荠菜是贵族菜。也所以，母亲不喜欢挖荠菜，侍奉的菜地里也从不种植荠菜。

老农忆苦思甜讲到旧社会，吃树皮挖野菜，不知这里的野菜是专属还是泛指。大作家陈武写过一部《野菜家族》，里边写的野菜，在我看来有一大部分是家菜，那些他眼中的野菜，在我这里都有种植。何况，农作物都是野生驯化的，"野"或"家"界限模糊。《野菜家族》初始起名《拈花惹草》，书名暧昧，使人浮想联翩。出版社避免歧义，把文学书名变成了科普书名。这下好了，我逛书店，发现这本书赫然放在养生类书架。读来，倒也长见识，好多常见的花花草草居然都是野菜。根据中医理论，药食同源，药食兼得，药用与美味不冲突。槐花、马齿苋、灰灰菜、蒲公英、艾草，没吃过，红薯茎、南瓜藤、枸杞藤、紫云英、香椿头、蒿头……尝过野菜家族那么多好东西，食谱单一的本地人看来错过了不少美味。

十多年前，作家金曾豪携文友去冶塘屠泉根家。可能比这个季节稍晚几天，屠老师到窑场割蔬菜，顺便摘些枸杞藤嫩头。席间，主人指着这道凉拌问众人可识得这道菜？这可把城里来的老作家们难倒了，有写艾草、马齿苋、香椿，或干脆只写野菜两字，有一位写枸杞后加问号，表示不确定。我就写了枸杞两字。这东西小时候吃得不多，不是因为乡间不常见，而是看不起它。有时候母亲跟我来不及挖到足够的马兰头，或者出于已知而难得的尝试，摘一把嫩头，夹在马兰中腌，说不出滋味好或不好。尽管我没吃过纯粹的枸杞藤，尽管它已许久没上过我的舌尖，尽管它在装盘前已经被剁细了，但我依然能一眼辨识出来。它青得发黑，入口稍有苦味，苦过了，回味中有隐隐的淡淡的若有若无的甘，达不到甜的程度，味觉稍迟钝恐怕辨不出来。他们齐声道：嗨，到底是土生土长的乡下人！

挖到次数最多的野菜还是马兰，几乎可以说每条田埂边都多多少少有一些，开始凭运气，后来凭经验。大路边，阳光充足地方的马兰，低矮发红，个头小，收获少，还不好吃。要走远离大路的小田埂，有拔节麦苗遮阴，马兰嫩而绿，主茎长，孩子们叫它"长脚马兰"。一般在放学后先割草，再挑马兰头，利用割草机会踩点，看准马兰多的地方，回头再去。后来我想，何不拿两套工具，镰刀加草篓，篮子加凿子，双管齐下。事实证明，这个方法不怎么可取，两个手根本够不过来，且不可能那么凑巧同时装满，彼此反倒成了累赘。

两件看似相关的活，一粗一细，可是却达不到最佳组合。挑马兰是细活，要用一把寸口凿子，或再拿一把剪刀对付"长脚马兰"。剪下来的马兰一棵一棵，像一朵一朵小花，一边挑一边拣，要收拾得干干净净。但是辛劳了大半日，采回来的却只够遮住篮底，用力一攥才一把，远远不够量。几斤几两够量，没个数，凭眼光，要是能采两碗左右，说不定明天中午的菜就靠我。暖阳加暖风，马兰头很快干瘪，装大半篮子至少要用两三个小时，等忙完了回家，天都擦黑了，耽误烧晚饭。后来我觉得，要把细活当粗活干，什么凿子剪子，都是洋盘。干脆用镰刀割，用草篼装。连老带嫩，拖根带泥，管他三七二十一，估计差不多了卷回家，往地上一倒，指甲掐，剪刀剪，双手翻飞。我把野外作业变成家庭作业，把哈腰或蹲着的吃力活变成坐在小凳子上的轻松活。时间呢，割不过二十分钟，拣一个小时，如果有母亲帮助更快了。剩下的老枝黄叶老根喂了猪羊，填了牲口圈。思路一变，海阔天空。

虽然时鲜总有吃腻的时候，但却一直有人拿它当美味。我在蒋巷上初中时，天天走过沿河小街。那里没有专门的菜市场，街两侧摆开早市，卖水产或蔬菜。我注意到，街边站着或坐着老人，脚边放一篮子青翠欲滴的马兰头，无须叫卖，鱼来网凑。马兰头能卖钱？次日，我比平时提早半小时，带一篮子拣净洗净的马兰头，摆在不太显眼的街边。有老妇过来，唤我"弟弟"，我说自己挑的，第一次卖，不知道行情。对方说，一般五分钱一斤，这一篮子两斤左右，给一角钱，好不？我点点头，抓起来一把，过到她篮子里。老妇说隔天还要，也拿这里来。一段时间内，老妇成了固定客户，三天两头买我的。提篮子上学的不止我，时有同学为家里购物，不怎么奇怪。天天拿空篮子就异样了，同学早知道我的事，不过无人讥笑。有次没卖出，拿到教室，老师帮我跟食堂打招呼。食堂阿姨是我同学母亲，丁是丁卯是卯，细细过秤，二斤三两，每斤七分，说按正常市价，给了我一角六分，其中一角是菜票，说雨天可以在学校吃午饭，早上提前报饭就行。同学说，她母亲还拿我做榜样教育他。乡下孩子做啥榜样呢，他们街上孩子才是榜样，课后无须做家务，早饭吃肉馒头、油氽粢饭糕，口袋里随便掏，有五角一元的大票子。

有一回割草，碰到一个陌生人在田埂上挑马兰头，不像正儿八经干活，简直是玩。他拿着一把小刀，挂在钥匙串上的折叠小刀，把马兰头放在草帽顶里。见我注意他，他用上海话问，哪哒马兰多？我说哪哒都有，但照你这样弄，吃不到一顿马兰头。他说很想吃马兰，要我帮他挑一篮子，送到窑厂待货的驳船上，代价是五角钱。我说篮子有大有小，牛头篮、四角篮、小淘篮、杭州篮……他说你家平时洗菜篮那么大就行，哦，就是四角篮，一篮子装满，也就三四斤。我赶紧跑回家，拿了工具，烧晚饭前把一篮子马兰送到船上。上海人爽快，掏给我一张崭新的五角票子。他挺着大肚子的老婆冲着我笑，说乡下小囡勤快，说到做到。她问我怎么烹调，拌豆腐干是不是更好吃。我摇摇头，因为那种吃法不曾享受过，亲口享受在二十年后了。

马兰头干不是我母亲的发明，它的做法十分简单：只需要将马兰头稍加盐焯水后晒干，储于薄塑料袋中扎紧袋口，最后放到缸里盖住就好了。青黄不接时，用热水泡泡，滴几滴菜油、酱油，炖马兰头干风味独特，清凉感依旧，比老腌菜好吃。

有一年，不知忘了还是没买到笋干。春节待客，父亲突发奇想，将马兰头干做红烧肉底子。那年头，农家吃不起整碗红烧肉，往往以白菜、豆芽打底，笋干算高档的，面上盖一层半酥烂的红烧五花肉，带皮一面朝上排好，一顿吃掉几块补几块。亲戚夸赞，马兰头底子好吃，大冬天里吃马兰头，稀罕。此后，我家一直沿用这个办法，亲戚好友们也都活学活用。

红烧肉里的油脂尽钻到马兰头里，能不美味吗。若干年后，我在绍兴吃当地名菜梅干菜扣肉。这发明，没准抄袭我家的。梅干菜是芥菜、冬菜、菜薹、雪里蕻等菜干的统称，唯独没有马兰头。据说制作梅干菜的首选原料，是带花蕾的菜薹。马兰头开了花，还能吃吗。那时，叶片退化，只有茎高高蹿起，一枝主茎分出三五叉枝，擎着迷你版的向日葵样的小花，黄色花蕊，粉色花瓣，摇曳生姿。乡间形容老妇爱美，很形象：马兰头开花——老来俏。

惊　蛰

　　油菜花开了。绿野之间，嵌有大片小片的金黄。乡间长大的我，从来不曾萌生过诗人般的激动，最多说一句不痛不痒的大实话：哟，菜花开了，没想到春天来得这么快。句尾当然不是感叹号。是美感的天生迟钝，还是以为自然节律毫无神奇可言，或者，是因为我不会写诗。

　　江苏省作家协会组织兴化游，去看什么？油菜花。还有婺源游，也是油菜花。油菜花有什么好看的？虽没见过成千上万亩连片的油菜花，不过能想象出来。乘着游船穿行在乡野，换个角度看油菜花，或者站在半山腰，感受蜿蜒错落的梯田与平原不一样的景致。那么多人，大老远过来就为看一大片油菜花？人挤人不是风景，是蹭热闹。说花好稻好，对我毫无诱惑力，提不起兴趣。据说某地，为了举办"油菜花节"，毁了几十亩菜花搭台，搭台干什么，领导讲话啊，剪彩啊，文艺团队助兴啊……油菜要结种子，就得开花，就得育苗移栽田间管理，怎么不弄个育苗节，或者最实在的收获节呢。

油菜与青菜长相酷似，小时候一直分不清它们的样子。油菜能否像青菜一样炒着吃，青菜结的菜籽能打油吗？我还真的尝试过吃油菜。五月间，油菜籽收获，下过一场雨，润湿的地上冒出一层油菜苗，我最喜欢提着篮子摘小菜，攥住一把连根拔起，剪去白生生的根。才萌出两片叶，小菜像一朵马兰头，做面糊羹，俗名"着泥"。炒着吃也尝试过，稍有苦味。母亲说，再大些就不能吃了。青菜籽打油，估计没人尝试过。农家不会放任青菜老去，到时候一垎统统起了，制作泡菜或腌菜。留靠边的一两株备种，收获的菜籽很有限。

它们应该属于同一个祖宗。经过选种，培育，一个变成了油料作物，一个还是蔬菜。

我在《田埂上的梦》中写过油菜花，很自然联想到蜂。蛰是藏的意思，惊蛰中的蛰引申为地下的小虫子，蜂是不是来自地下呢，如是，算不算蛰的一种？何况蛰与螫那么相似。

最先感知花讯的是野蜂，还有捉野蜂的孩子。野蜂是一个大家族。胡蜂腰细脚长，有黑黄相间的一圈圈横纹。黑蜂一身黑，个体最大，数量最多。我们常玩的唤作"菜花蜢蜢"，酷似蜜蜂，颜色略深，个体略大，想必是一种野蜜蜂。胡蜂群居的巢穴，挂在树上，人家屋檐下，被它毒刺蜇到轻则肿痛，重则丧命，躲之唯恐不及。黑蜂独来独往，或三三两两，我没见过它们的巢，可能是在树木虫洞里。因为我那时经常见到它们在老屋出檐木椽的虫洞中进进出出，虫洞圆圆的，豆粒大小，深浅不一，有的几个面对穿，就是黑蜂的杰作。

小时候还有土坯墙或土墼墙。穷人家买不起砖，自家做土坯垒墙，外墙以柴苫遮盖挡雨。土坯墙不粉刷，遍布缝隙、孔洞，对于菜花蟮蟮而言，不亚于迷宫，或者游乐场。屋前屋后菜地，稀稀落落开出黄花，很不繁茂，足够那么个小群体嬉戏。阳光下它们在菜花丛中玩一会儿，钻钻这朵，爬爬那朵，似一朵雾飞过来，准确落在某个孔洞口，腿脚上黄色花粉沾在洞口，借着翅膀扇动的劲儿，钻进去，嗡嗡到里边。贴墙聆听，嗡嗡声随着它的位置发生微妙的改变，可能里边更逼仄，可能碰壁拐弯，翅膀扇动的频率幅度不一样。那时候，我已经知道那不是口中叫声，也不似蝉儿膜振所致。

菜花蟮蟮温柔，似乎没有毒针，直接用手捉无碍。看准它钻进去，手拢在洞口，等它回头探出脑袋，待要起飞的刹那间，疾速按住，事实上孩子们的手眼没它敏捷，大多是按不住的，况且下手轻了它会从指缝间溜走，下手重了不免让它一命呜呼。同伴找来玻璃瓶，无色或茶色透明药瓶，大口瓶尤佳，候在洞口。有时等了大半天，只闻声不见影，就得用柴芯或是笤帚上的竹丝掏，把它赶出来。最后，它们终于飞了出来，撞进了瓶里。一只，两只……那么小的空间，它跌跌撞撞，变了调的嗡嗡声透出悲哀。怕它饿着，瓶子里放几朵菜花，怕它闷死，瓶盖上钻个小孔。装进去不易，从瓶子里捉出来更不易，它似乎总是等在瓶口，摇头晃脑猜测你的心思，才拧松盖子，它马上刺啦一声划着弧线远去了。

孩子捉菜花蝗蝗玩，更为了吃它的蜜囊，我们叫"糖罐头"。这有些残忍，齐腰拉断它身子，露出一滴半透明的囊，凑在唇边轻轻一挤，一咂，一丝甜蜜沾在舌尖上。蜜囊有大有小，也可能没有。其中的缘由猜不透，公与母的区别，还是采的花蜜多少？有人吃到大蜜囊，伸着舌尖招摇，连着吃"空屁"只能怪运气。这里面的学问其实很复杂，工蜂不分性别，都有蜜囊，真正的公蜂、母蜂不出巢，只有养蜂人才能见到。

胡蜂有没有蜜囊？有也不敢惹。黑蜂蜜囊大，螯刺长，想解馋？简直与虎谋皮。蜂类的螯刺由生殖器蜕变而成，是它唯一的武器，蜇人是本能，以生命为代价最后一搏，连带肚子里内脏一起脱落。即便被腰斩了，本能持续着。于是，有人被蜇到手，蜇到嘴唇、舌头，那一瞬间的刺痛，能延续多日，针眼周围红肿，嘴唇翻翘，舌头肿得放不进嘴里。疼过了，懊悔过了，过一阵子终抵不住诱惑，故伎重演。

无畏来自无知。胡蜂能蜇死人我也是后来才知道，开始以为被一两只螯过不过疼一阵子，不足以致命。后来才知道，一只野蜂就能造成危险，有的人被螯了会出现过敏，全身起丘疹，严重的话还会引发喉头水肿，导致呼吸衰竭。那时候无知，小伙伴身上没发生过，附近也没听说过。也许乡下孩子身体素质好，从小接触自然界过敏源，多少有些免疫力。且一旦被蜇，第一时间拔出毒刺，马上以肥皂清洗，蘸酱油消毒。老人言传身教的一些土办法，不乏科学道理，在尚未明确使用抗过敏药物的低级医疗阶段，我们采用了最迅速最有效的补救措施。

菜花蜢蜢和黑蜂喜欢村居，田野中难得见到它们的身影。我喜欢钻在油菜花垄中薅草，见不到阳光的草长而嫩，羊最爱吃。忽闻嗡嗡声盘旋，循声看去，一只菜花蜢蜢落到花瓣上，这不是送上门来的甜蜜么？猫腰过去，但见它又起飞了，又落到另一朵花瓣上，头钻进花蕊，只露后半个身子，两手指一掐，连带花瓣捏住，可能只攥住了一叶翅膀，它扇动着另一边翅膀用力挣脱，手中翅膀脱落了，它失去重心划出一道怪异的线路，跌落地上转着圈。如果第一下捉不住，它更警觉，飞得更远，想追捕它不易，不知踩坏多少油菜花呢。

这次捉到的菜花蜢蜢不一样，细黑的尾针一伸一缩，身子粗短，颜色发黄……该不是蜜蜂吧？

猜对了。后村戴巷仓库场上多了几十只蜂箱，昨夜才到。戴巷同学稀罕我们，养蜂人年年去，说明他们的村庄风水好。说得我们既羡慕又自卑，仿佛我们庄上人犯了错，连蜜蜂都不想来。这也是一种爱乡之情？狭隘的。

他们抒发自豪的同时，似乎轻描淡写说到蜜蜂不太友好，那时我没怎么放在心上，没有足够的心理防备，很快，我就尝到了苦头。

我家坯场在望虞河边，我每天中午送饭给母亲，或放学后帮忙停坯，常穿过这块仓库场。有一天，我远远地就望见仓库场上空一团团黑烟滚动，忽聚忽散，忽高忽低。渐近，有沉闷的声响传来，那么刺激的场景，那么大的声势，平生第一次见到。走近场角，突然有些发怵，怕淹没在蜜蜂的潮水中。照旧从仓库场斜插过去，还是退回一段路，从田间小径绕到仓库场的背后，稍微浪费几分钟，确保安全？环顾左右，午饭当口空无一人，不见熟悉的同学。没人在意我的胆怯与犹豫，不可能被谁笑话。男孩的血性占据了上风，我为什么要退缩？等下回来怎么走，明天后天怎么过？

　　一踏进蜂场，成群蜜蜂朝着我涌过来，绕着我乱舞，耳膜嗡嗡作响，小东西撞击着我胸口、脸面，落在我头上，似乎在往发根，往耳孔，往领口钻，忍不住用手一抹，但觉一阵刺痛，不由得加快脚步……似乎听得有人喊：不要跑！不要用手抓！我不知道自己狼狈到什么程度，疯跑着，蜂群追了我一段路，慢慢散去。惊魂未定到坏场，母亲用沾满泥巴和草木灰的手为我翻开头发拔出螫刺，说一共被蜇了三下，一大片头皮红肿。又说还好，没蜇到脸面，否则更痛，脸都大了。

　　这大概是我受伤最严重的一次，我也从未与同学说起，说了不但于事无补，反而被嘲笑，丢面子。回来路上，刺痛变成胀痛，一下一下随脚底触地的轻微震动加剧。硬着头皮，又反方向穿过蜂场，这一回听从母亲的话，任蜂群折腾，不予理会，似闲庭信步，果然无恙。

　　想不到，第二年蜂场转移到我们庄上。那个清晨依然安静，几十只黑兮兮的蜂箱胡乱摆在仓库场上，还未来得及排整齐。走廊里两张钢丝床，盖被隆起，养蜂人还没起床。蜂箱门关着，几只在门口爬动，散落在外的蜜蜂贴着门口低飞。这些蜂箱是之前戴巷那家转移来的，还是另外一家？不得而知。不过戴巷仓库场上空空荡荡，不管什么情况，可以理直气壮炫耀一番了。

我心里有个小九九，村上小伙伴或者不去坯场，或者去坯场不走这条路，大多没我先前穿过蜂场的历练。突然见到蜜蜂，势必惊惶而出丑。盼望着亲眼看见他们的狼狈，即便听说也过瘾。不甚觉得想法阴暗，谁让他们平日不友好。果然，有些孩子大哭小叫了几日，长了记性，才与蜜蜂相安无事。并非善良或淳朴，那时的农民有两副面孔，一面窝里斗，欺凌弱者，另一面依草附木，在外人面前反而认怂。孩子被蜂螫了，不去讨说法、索赔，只顾着心疼孩子，责备孩子不小心。据说有家长找过养蜂人，随口说声，出口气而已，未必有敲竹杠的意思，却意外获得了一瓶蜂蜜，就是养蜂人喝下的白酒瓶灌上蜜，权当补偿，以甜蜜堵住他的嘴，且叮嘱不与外人道。即便不关照，那家未必肯说出来，害怕让别人学去占便宜。大人管不住孩子嘴，依然抖搂出来，如法炮制的结果，居然都有收获，一瓶蜂蜜对养蜂人无所谓，农民有所谓，以为就他占便宜而窃喜。

我在两个作品中写到偷蜜这个情节，均来自生活。起初拿麦柴管，后用竹管吸食，原蜜稠，漂着菜花瓣、死蜂，吸得猛，齁着了嗓子。主人有时驱赶，有时眼开眼闭，这得看他心情。常熟方言有"喝蜜糖"，意蕴近似"摘桃子"，谓窃取他人劳动果实的不光彩行为。乡下孩子谁没干过，不过这词的发明早呢。

在网上读过一篇散文，写作者少年时代与养蜂女人交往而引发的青春骚动，文笔细腻而大胆。女子身材高挑，气质优雅，在作者眼里像一位中学教师，由此，激起村上女人们的愤恨和嫉妒。作者引用了一句女人说的话，说是江苏方言。那一组语音类似上海话，以语境琢磨，大概是问作者"你是哪个地方的"。几十年前，上海、浙江等地以放蜂为业者较多，即便江苏，苏南苏北方言差异大，基本没有相似性。作者是西北人，表达的儿时记忆未必精准。我所见过的养蜂人，基本是一家子，一对年轻夫妻，加一个五六十岁的老头。养蜂职业又称赶花，流动地域广，学龄儿童留守老家，由老母亲看护。

我觉得蜜蜂有神秘感，连带养蜂人也有神秘感。养蜂人不是在场上忙，就是在钢丝床上睡大觉，平时不大跟我们搭话，可能语言障碍，也可能天生不爱说话。养蜂女人穿着鲜亮，基本不干活，爱嗑瓜子。他们有一张木质折叠餐桌，三张骨牌凳，但大多在蜂箱上吃饭。一辆没有撑脚的旧自行车，靠在走廊墙边，年轻男人骑车上街买菜。天天鱼肉荤腥，最差笋丝摊蛋，伙食简单而精细，比我们好得多，到底有钱啊。我们吃什么，天天腌莴苣笋，清烧阔叶蒜，从年后到现在，多少天没碰荤腥了。

听父母谈论，养蜂人想领养一个男孩。说养蜂人日子富裕，被领养孩子简直是"一跤跌在白米囤里"。以白米囤形容幸福日子，可见这个比喻带着时代局限。小伙伴提醒我，领养对象不是别人，是我亲弟弟。作为哥哥的我怎么反倒不知道？询问父母，父母态度闪烁，似乎证实传言绝非空穴来风。养蜂人并未带走我弟弟，他们连同蜂箱在一夜之间消失，只剩乱七八糟垫蜂箱的砖块，还有黏糊糊的蜂蜜与甜香。后来听大舅说，父母起初有那个念头的，图对方承诺的领养费，且少了一个儿子，将来的负担大大减轻。舅舅、阿姨却竭力阻止，兄弟姐妹多的家庭都没舍得，你一共才兄弟俩，怕啥？孩子去哪里，养父母会不会视作己出，一旦有了亲生儿子怎么样，都一无所知，将来后悔了哪里去寻？父母最终打消了念头。又听村人说，其实养蜂人不太中意，嫌我弟弟年龄偏大，六七岁的男孩有记忆了，怕养不熟。村人的话明显不善，其实不愿意我家攀上富庶的远亲，尽管只是凭一己之词，或者想象中的场景，他们就堂而皇之地以亲情为由头指责、奚落、攻击，说我父母卖儿求荣的举动实在有违情理。

弟弟当然不知情，该怎么玩还怎么玩，一个劲儿叫着"阿哥、阿哥"。儿时理解的亲情狭隘而片面，一致对外的时候是亲兄弟，回到家里像仇人。凡有兄弟间冲突，父母总是向着他，责备我的不是。让他送了人家，我就成为独生子女，独享物质与精神的宠爱。我可能会乐上一阵子。往后呢，孤独，没玩伴了，骨肉分离，也许放蜂人每年会带他来和我们见上一面，也许他们会避开这条线，让我们兄弟间从此再无联系。这属于大是大非问题，自我感觉有足够的清醒。如果真要当着我的面被带走，我肯定不依。相信弟弟也一万个不愿意。

春　分

开春到清明，螺蛳是时鲜。因为众所周知的原因，菜场严管，自由市场封闭，模糊了我对节令的感知。前几天忽然开闸，螺蛳又回来了。依然是熟悉的售卖方式，论碗或论勺；依然是熟识的面孔，卖螺人住哪里，螺蛳就来自哪一带水域。南湖荡螺蛳干净，个小肉少；内河螺蛳大小不等，壳色不一，土腥味重；只有鱼塘螺蛳，壳薄色黄，个大肉肥。于是乎连着买，今天吃，明天吃，后天继续吃，日日吃不厌，准备吃到清明。清明后依然有，盛夏有，秋冬还有，那是老人们的职业。不过只偶尔吃了。有人说，天天吃螺蛳的人都有着强大的胃，我的胃虽然貌似不怎么强大，但吃螺蛳没问题。鸭子天天连壳带肉囫囵吞食螺蛳，那才叫强大。孩子被鱼骨卡喉咙，倒提鸭子，取其口水，能化鱼骨。螺蛳吃得愈多，鸭子下蛋愈多，蛋白透明，蛋黄炫红，膏腴嫩滑。

开春的江南，乍暖还寒。庄稼汉摇着农船，出河浜，去山前湖罱泥积肥。罱泥网在湖底耕耘，把河泥吞进网兜，吐入船舱，也把湖底的螺蛳一起带到船上，带回村河边沤肥的泥塘。稀薄的泥水中，泛起一朵朵小气泡，螺蛳从气泡中冒出头。我和小伙伴挎着篮子，挽起裤管，跋涉塘中捉螺蛳。俄顷，又一拨螺蛳冒出来。螺蛳没长眼，觉察不到湖塘边一圈守株待兔的觊觎，否则……没有否则，那是大自然给农家的第一笔馈赠。

洗净，放脚盆中养清。螺蛳把淤泥吐出来，水脏了换水再养。如此三五回合，脏物吐得差不多了，用剪子或老虎钳剪去屁股，继续养。细观，螺蛳其实有腿脚，在靥头下。靥头就像螺蛳的门户。螺蛳紧紧巴住盆底、贴着盆壁挪动，大半个身子伸到壳外，不知在探寻什么。俗话道，"明前螺，赛肥鹅"。有些夸张。常说明前螺肥美，其实不肥，相反很瘦。美则美，因为开春第一顿，缺荤少腥的口舌对美味的渴求，很容易就能得到满足。清明前螺蛳好在哪里？没小螺蛳、不牙碜。小生命已经孕育，如白生生的米糁，口感软糯。

螺蛳最佳的烹饪是爆炒，起油锅，细葱花、姜丝、干辣椒煸出香味，螺蛳沥干入锅翻炒，加料酒、酱油、盐、糖……或许还应该加点什么，咖喱粉、十三香、蚝油？太奢侈了，没有必要。大火煮三五分钟，靥头多半脱落，标志螺蛳熟透。火候最关键，时间短不熟，过头了嗍不出。母亲大多时候不愿爆炒，只加粗盐、老抽、几滴菜油，坐于饭镬筷架上。饭熟，螺蛳差不多也熟，省油省柴省工本。此谓炖，说好听些叫蒸。

吃螺蛳也是一门技术，筷子揪一颗，螺口对准两唇间，筷头轻轻拢住螺壳，一鼓作气嗍，嗞的一声，连汁带肉，螺肉跳上舌尖，门牙轻咬螺肉，识别、保留可食部分，以舌尖、门牙、嘴唇灵巧配合，剔去碜牙的尾部，还到螺壳。能这样吃的，算是有千日之功，功力稍欠缺，螺蛳从筷头滑落，落进饭碗，落脏裤腿，落到餐桌，啪嗒，酱色汤汁溅到脸面，溅到衣服上。小孩子没这技术，外客更别说，老人也不行，灵敏度退化了。小孩用两三个手指攥着，嗞，嗞，嗞——一声比一声弱，第一口没吸出肉，汤汁干了，负压空洞乏力，后边几下基本徒劳了。母亲教我，倒过来吸一口，蘸些汤汁，再顺过来吸溜。如此这般，我艰难吃到一颗，父母面前已经摆了一堆螺壳了。母亲常揶揄我，一丁点肉花那么大力气，得不偿失。倘若用最简单也是最笨的办法，用引线挑，则不免弄得两手油腻，孩子无所谓，成人要被耻笑的。

母亲时常提醒，靥头不要吃到肚子里。吃到肚里会怎么样？她含糊其词，只说靥头粘在肚肠导致长不大。可是靥头这东西总是防不胜防，它经常贴在上颚，滑到喉咙口，手指够不着，呕又呕不出，又想起母亲的忠告，惊慌之间，喉结咕咚一下，它真下去了。惶恐几日，貌似没事，哈。靥是形声字，甲表意，厌表声，为何不以其他同音字作声旁？可见确实令人讨厌。

有那么几次捉螺蛳，还捉到蚬子、小螃蟹、泥鳅，还有小鱼小虾，量少，单独烧不像一个菜，那就弄个河鲜大杂烩。作料少，腥味很重，但汤汁很好，酽酽稠稠的奶汤。母亲说，营养都在汤里边了。

偶尔，吃得正欢，一口嗍进去，不对劲，中奖了！那是一种奇臭，味蕾首先感知，通过气道传给鼻腔，大脑反应不及，连忙啐出来。一两颗死螺，烧煮时无甚感觉，多了能闻到。如果异味很大，这一锅螺蛳就废了。剪去屁股养的时间太久，或者水温太高，都会让螺蛳小命难保。以前的女同事，随手抓一把生螺蛳凑上鼻子，能很快挑出混在里边的死螺，她鼻子特灵。

炖螺蛳吃腻了，翻点小花样。螺肉炒韭菜，或螺肉韭菜羹。螺蛳与韭菜，是小河与人间草木的季节约定，它们选择同一节令出市，势必有搭配的因缘。螺蛳焯半熟，以引线挑出螺肉，淘去杂质，与开春韭菜同锅翻炒，无须盖锅，无须放水，几个翻身即可，炒烂了辜负春韭的美意。乡间名菜，吃的是名气，事实上没那么玄乎。浅尝一口，这菜徒有其形而乏其鲜，完全是韭菜味道，螺肉韭菜羹亦如是。羹，稀薄的面糊，这里叫"着泥"，着是动词，泥是词义的吴方言引申。可是螺肉一旦焯过水离开螺壳，鲜味也就损失殆尽了。对了，螺蛳还有一个谜语一般的俗名——罐头里笃肉。罐头即螺壳，同样具备鲜味，也把鲜味锁在其中了。

以前小河清澈，遍布螺蛳。母亲上水埠淘米洗菜，随手从泾岸石侧面、缝隙中，摸回一碗螺蛳。夏天，一帮光屁股孩子成天泡在河里，抱个脚盆，玩玩闹闹，也能摸上半盆。

秋冬下不了水，拖网随便往河里扔，两三网的收获够一顿小鲜了，顺带有些季郎、鳑鲏、河虾，凑巧还能弄上野生甲鱼，沉甸甸黑乎乎疑似砖块，现在甲鱼尚没列入禁食的野生动物。还有好玩的，两爿毛竹片插入水底，过一天收上来，竹片正反面沾满螺蛳。或者，捡两只破草鞋，黄昏沉入河底，早晨拉上岸，鞋肚子里全是螺蛳，哈，它们在这做窝呢。

田螺也是螺蛳，固守名称赋予的区域，安居肥沃水田，或出没灌溉沟渠，偶尔会在小河现身。它青黑外壳上曳着丝丝青苔，相当于绿毛龟体表寄生的藻类。田螺壮实，一颗抵得上五六个河湖螺蛳。寻常加工方式难于入味，田螺嵌肉绝佳。把它们以水养清，生生挑出螺肉，与猪肉一起剁成肉糜，再加点嫩笋丁更妙，以筷头塞进螺壳，戳紧实，原样盖上厣头，猛火蒸煮。掀开厣头，轻轻一嘬，一坨弯弯曲曲如螺肉形的肉糕，入口鲜香、肥美、有咬劲。蒸煮留下的汤汤水水，还可以浇饭吃。说是乡间土菜，实际近乎贵族菜，寻常人家，哪有这等闲情逸致，弄这么复杂，就为那三口两口。

螺蛳也分公母，其求爱方式鲜为人知，但恋爱成果丰硕，怎么也捉不完。只一颗，子子孙孙一嘟噜。但说鱼塘中的螺蛳吧，开始时是渔民撒的青鱼饲料，想不到青鱼的饕餮远远赶不上螺蛳的繁殖，塘里螺蛳越来越多，成为养鱼的副产品。

螺蛳壳不够漂亮，其颜值、价值，远远比不上海螺壳、花螺壳。不过在我看来，它坚硬的外壳，椭圆的螺口，圆锥形身子，右旋螺线绕出 7 个螺层，也是大自然的杰作。

母亲埋汰父亲，只会碗里叉鱼，不会河里叉鱼。说我兄弟俩只会捉死货（螺蛳河蚌之类），不会捉活货（鱼）。其实，父亲带过我照黄鳝、螃蟹、田鸡，用网兜捞水鱼，赶网赶鱼赶虾，不过这些都是技术含量低的渔事。撒网打鱼，他力气不足；鱼叉叉鱼，他技术又不够。乡下人家拥有的大型渔具，我家基本没有。鱼叉倒是有一把，短柄团叉，只能对付青蛙、小鲫鱼什么的，小打小闹，干不了大活。

大活，就是叉鱼。叉，有射的意思。

春河水暖，鱼们开始活跃。有水的地方就有鱼，野生的意义尚未进入意识，因为没养殖。即使内河拦竹箔，放几百尾花鲢、鳙鱼，也是自然放养。黑鱼罕见难捉，穿条、鳑鲏不稀罕，小河最常见的是鲫鱼、鲤鱼。春分前后，正是鲫鱼和鲤鱼的繁殖季，持续三五日或六七日，成扎堆状。过了这时节，风平水静，难见鱼们踪迹。

沿岸住户能清晰地听到河水的骚动。我家离河远，没有直接的感知。那时候，父母起早贪黑在坯场做土坯，母亲一早从水埠回来，说小河里噼噼啪啪，鱼又消籽了。母亲口气平静，对小河如期而至的渔事并不表现惊讶或兴奋，似乎这件事与她无关，与我们全家无关，只是找些话题，省得闷头喝粥。在长达一个半月的坯季里（母亲习惯以"做坯档里"表述），她基本与世隔绝，两点一线，不管农事，不事蔬果（偶尔下雨天光顾），只想着今天多少出产，累计做了多少，预计一共完成多少。至于吃喝，饭要管饱，菜极度马虎，一筷草头，或半搪瓷杯腌莴苣，或一碗腌菜汤。给她鱼腥虾蟹，哪有心思细吃慢嚼，把时间浪费在吃饭上。

听小伙伴说，他哥哥又到了多大的鲤鱼，多少条鲫鱼，还说煮了一锅鱼，吃得全家端着肚子打嗝。俗话"鲜鲜鱼下饭拆草窠"，似乎闻到鱼香，我羡慕他有个哥哥，居然冒出蠢蠢欲动的意念。

次日凌晨，我提着一把团叉，往河沿去。水面飘着淡淡的水汽，似压得很低的薄雾，三四个身影在岸边各踞一方，一动不动，全神贯注盯着水面。我大大咧咧走过去，想招呼他们，他们摇手示意我别出声。我立马噤声，放轻脚步。风平、水静、温暖、晨雾，河滩有茭白、水草，东岸更有大摊水花生——刚刚返青，枝绿芽青。对于鱼产卵而言，天时地利凑齐了，但这又何尝不是渔人得天独厚的狩猎场呢。

静寂的河面不时有细微的异响，这里噼啪噼啪，那里窸窸窣窣，对岸茭白墩里水花一闪，持续时间太短了，看过去，仿佛是幻觉。身边这位就是小伙伴的哥哥，轻声道，是小鲫鱼，而且零星小鲫鱼，不是成群的。他在等待鱼群，等待大家伙出现。他端着鱼叉，叉刺抵近水面，水花生间稀稀落落的地方。他对远处或对岸的动静听而不闻，确信这里是他打伏击的最佳方位。

时间仿佛凝固了，他的身影仿佛凝固了——鱼们胆小谨慎，一个移动的人影，一点轻微的脚步声，都让它觉察到潜在的危险。太阳刚刚露脸，东北方向过来的阳光，将我俩长长的身影投到河面，他退到一棵矮桃树边。水面出现了细微的声响，大概是先遣队的试探。水面动静大起来，似乎不止一条鱼在活动。鲫鱼？鲫鱼是群婚动物，并非雄鱼花心，自然界中，雌雄比达十比一，所以市场上很少买到雄鱼。鱼开始消籽了，扁着身子打挺、转圈、甩尾，青灰的脊背和银亮的鱼身翻飞着，似群舞，近岸河水被搅浑了。他突然发力，一叉下去，戳到水底一压，迅速提起，五根叉刺上串了好几条鱼，鱼身还在扭动。突如其来的一击把鱼群打散了，水面很快变得平静，一滩水依然浑着。

桃花已开，一树粉红。他又退到桃树边，身子一碰，沾着晨露的桃花被摇落。鱼走不远，会继续做窝，你拿着团叉到那边试试？做窝？很形象。试试？他知道我第一次来，工具也不厉害。我走到水埠与船房之间有水花生的地方，静候。鱼真叫我给碰上了，一叉下去，叉住了一条，三四两的小鱼。叉刺弯了，用力扳过来，砖头敲几下，大致恢复原样。毕竟是父亲用粗钢丝磨尖，折弯后焊在一起的，刚性远远不够。刺头上粘着几点鱼鳞，哦，要是这把叉厉害，那两条鱼也跑不了。所谓"瞎狗撞茅坑"，那条鱼居然撞在我手里，那两条受伤的，会死吗，过几日会浮上水面吗？

母亲说，大舅家貌似有一把扁鱼叉，经常搁在檩子上。大舅好商量，次日就让我父亲拿回来了，且说反正用不着，甭还给他。父亲锉去铁锈，叉刺泛出青色寒光，这是一杆来自铁匠店的中号鱼叉，锻造钢火好，凭我的力气，使着也顺手。

我再次扛着鱼叉出现在河岸，几位有点惊讶，想不到我能在一天内弄到一把正宗鱼叉。看成色，看竿，不像新打的。但他们也都没深入过问，而是全神贯注于自己手中的鱼叉。

　　慢慢知道，等鱼似伏击，点位颇有讲究。浅水区鲫鱼数量多，成功率高，但看不见大鱼。远处有深潋，又处转角，要么能叉到鲤鱼这样的大家伙，要么空等。远处那位，我没亲眼见他弄上鱼，但听说他备了一张网，有一天收获一公一母两条，光鲤鱼籽就有半脸盆。鲤鱼籽是好东西，唇齿间有呱嗒呱嗒的嚼劲，不过多吃少滋味，多吃不消化。

　　若干年以后，我弟弟接过这把鱼叉，那时它闲置时候多，叉刺锈蚀严重，断了两根。拿铁匠铺锻接已毫无价值。他新买了一把，又陆续添置几把，大大小小齐全，其中最大的鱼叉长着倒钩。捕鱼捉鳝的本事，我没怎么学出息，充其量半路出家。弟弟厉害，善使各种渔具，一年到头，养殖缸里活鱼不断。不花钱的鱼，母亲不太当回事，经常吹嘘吃厌了。

清　明

　　一群孩子在野地里拔茅针。

　　先前的水乡，随处可见田块落差自然形成的土坡。坡有大有小，有高有矮，有的峭立，有的平缓。土坡干旱贫瘠，不长其他野草，只长茅柴。可能有过野草立足，但它们还是在生存空间的抢夺中无奈败下阵来，最终，茅柴成为荒坡上唯一的宿主。春末的高坡，成片枯黄中窜起点点新绿，有的地方，年前焙茅柴的焦痕残留在新茅间，一摊摊，一块块，若有若无，新绿被其他色调映衬得愈发鲜亮。

　　大男孩在新茅间梭巡，踩着用镰刀挖出的脚窝，贴在坡上，脑袋凑近地表，眼珠子贼亮，小手梳理着枝枝叶叶。女孩，或胆怯的小男孩不敢爬上陡坡，更不敢从河坡上滑下去，只能高居坡坎，猫着腰，在手够得到的地方摸索。胆子小，不等于目力不好。每每看到茅针，他们不敢吱声，趴着，倒挂着，试图伸手够到茅针，整个人身子似拉伸的橡皮筋。

拔茅针，也有谓之抽茅针，或提茅针，貌似都不够传神。拔，似乎用力过度；抽，仿佛方向不明；提，得之太容易。无意间读到范成大的诗："茅针香软渐包茸，蓬藟甘酸半染红。采采归来儿女笑，杖头高挂小筠笼。"诗人是吴县人，靠近常熟，读他诗句颇有同乡感。连用两个采字，忙碌又轻柔，诗人就是不一样。

乡野之物到了诗人笔下，就变成了金枝玉叶。茅针是新茅的笋，它一脚踩着冬天，从一个洞孔中奔向春天。它竭力把脑袋自己装扮得若无其事，缩着肚子，混迹新枝嫩叶间。它们把削得尖尖的，一片短短的叶舌，或者干脆不长叶片。可是这也恰恰伪装过了头，眼尖的孩子凭着那些细微的特征，将它们提溜了出来。

茅针就是茅柴的花苞。小心剥开变态叶，露出一截或一点白中透绿的组织，那是久违了一年的滋味，汁水清爽，回味微甘，说不上好吃，更算不得美味。但是，它难得，它稀罕，它让拔得头筹的孩子兴奋得哇哇大叫。它细小，仅仅算花苞的胚胎，来不及辨识滋味，入口即化，甚至搞不清下咽的是口水还是什么。边上几位，侧着头望着他的，喉结跟着耸动，下咽的一定是口水。

亲手采到的第一枝，必定亲口品哑，给谁都不愿，无论亲弟弟亲妹妹，还是青梅竹马的邻家女孩。儿时记忆中，当哥哥的总是护着弟妹，哪怕年长一两岁，否则有愧于哥哥的称号，老话叫"年纪活在狗身上"。包括食物的分享，年长的让着年幼，男孩让着女孩。敬仰的眼神鼓励着他，收获如有神助，一枝，又一枝……捏在手中，积攒到一定数目了，施舍给弟妹，给邻家女孩。听着"阿哥，阿哥"的叫唤，很能激发成就感，最多奚落几句，大意是"何不自己去找？"

"自牧归荑，洵美且异。匪女之为美，美人之贻。"这是《诗经》中的句子。说名叫静女的女子，从野地里拔了茅针回来，把它送给心仪的男子，男子觉得茅针太美了，美不在茅针本身，而是因为女子所赠予。估计两人十三四岁，情窦初开的年龄。女孩单纯，不懂得矜持，一把茅针让男孩那么激动。少男少女的爱情纯净淡泊，如果女孩送一块手绢，送点什么值钱的东西，便落俗套了。

一把茅针摊在掌心，长的短的，粗的细的，鼓的瘪的，从外形就能判断哪枝内容多，哪枝内容少"。世界上没有两枝完全一样的茅针，不过大同小异，似一个模子刻出来的。细长的圆锥，酷似补罱泥网的针。茅针根部嫩白，中部翠绿，顶部微红，色彩渐次过渡，纵然渲染技术再高明的画家，也绝描绘不出茅针本身的自然色彩。

这么好的东西，舍不得一下子喂了口腹，留一些揣入裤兜。放衣兜显眼，鼓鼓囊囊易被父母察觉，等于不打自招。隐蔽的裤兜，是男孩的仓库，那里面藏过橄榄、糖果，藏过啪叽、弹弓。不过藏得再好也没用，草篓里松松垮垮，或者正儿八经的草没几把，底下藏着突击偷割的红花草，那还了得。父母铁青着脸审视，孩子裤腿、屁股上沾着泥，沾着青绿。一把扯过孩子，首先掏裤兜。男孩最怕父母掏裤兜，裤兜里藏着他的行踪，容不得你抵赖。有的没收，有的扔灶膛，辛苦大半日弄来的茅针，统统扔进羊圈，挑了羊尝时鲜。木樨花喂牛，真是暴殄天物。

茅针稀疏，彼此之间是望不见对方的，不知道它们是不是在地皮下串通好了，各自找寻自以为隐秘的出口，防着我等的垂涎。一大群孩子，神情专注，如下级猴子为首领挃着毛找虱子一般，一双双滴溜溜好使的眼睛，一根根细细梳理过，前前后后十数天，一遍一遍，依然有漏掉的。要不了开花，花穗刚一露头它们便纤维化了，干巴巴软绵绵，让你联想到棉花。

茅针的节令短得令人叹息，父亲留在男孩头上的鼓包才消退，摸摸还疼呢。它们却早已探出脑袋，把白茸茸举过头顶，摇曳在夏日里，有些就在踢脚走路路边，就像示威。茅柴花也叫野菅，有雅致的学名，谷荻。它们是如何像魔术师大变活人那样，逃过劫难，来去阒然，男孩们来不及琢磨，又把目光瞄向了秆稞巷。

秆稞是俗名，金曾豪作品《秆稞巷的秘密》，一开始就说，至今未查到它的学名。不知植物学家们是不是疏漏了。反复比对文字与图片，觉得它与"蔗茅属"相当，似滇蔗茅或西南蔗茅，可花色看上去又有些不同，或许是因为图片样本来自异地吧。不过这发现却让我很兴奋，秆稞不就是大茅柴么？

秆稞踩着春天的尾巴，拔节比茅柴晚。初始一墩墩，一丛丛。一脚踏进夏天，枝叶严严实实，伸脚不进。秆稞也长茅针，茅针也是秆稞的花穗。不过它看上去体量硕大，数量却更加稀少。

秆稞大多生长在环境最恶劣的高墩上，或者陡峭的河坡上。这些地方都是荒野之地，如果不是三五结伴，单枪匹马不敢贸然涉足。秆稞巷远离农田，远离村庄，宛如另一个世界，过于寂静的地方让人喘不过气。高土平地凸起，形状怪异。崖壁散布大小洞穴，通往深处，据说藏着什么什么。野兔、黄鼠狼并不可怕，如果是猪獾呢？虽然谁都没见过真正的猪獾，但据说那东西吃孩子——它突然冲出来，一口咬住脖子拖往洞穴深处，吃得骨头都不剩下，想着瘆人。在崖下转悠，不敢太靠近那些洞口，也不敢攀上崖顶。

因为事前约定，所得共享。拔到一枝茅针，不亚于一场群体狂欢。秆稞茅针藏得更深，特征不明显，这株那株疑似，细看都不是。往深处看，即使确认了，也得借助镰刀勾过来，不然捞不到干着急。没人敢钻到秆稞丛里去，就算平日里打架不要命牛皮吹破天的孩子王也一样。他们不是怕秆稞叶划破脸面，是怕看不到脚踩的地方，盘着赤练蛇，蹲着四脚蛇，或者未知名的危险。四脚蛇我见过，不过是胆小的蜥蜴，多为无毒，对人无攻击性，可那时好多孩子愣是认为它有剧毒，避之唯恐不及。

貌似大片秆稞，适合立足手能够到的区域很小。所以，每次大部队作战收获甚微，只能两三人分一枝，每人一枝就算大满贯了。不过一枝已然足矣，比起小茅针，它能让嘴巴里喉咙里有充实感，能吃个半饱。

我的这篇散文发在内蒙古兴安盟作协名为"倾草堂"的微信公众号，并在市报刊登。受篇幅限制，不能过度铺陈。

拔茅针的故事我在儿童小说《田埂上的梦》中写过，可以看作另一个故事。

　　强强第一次把茅针给上海婆品尝的时候，上海婆还没当老师。她犹豫着接过："啥么事（什么东西）啊？""茅针！"强强边说边作示范，剥开往嘴里送。上海婆还在犹豫："这东西能吃？草芯还是草的嫩茎？"上海婆住在强强隔壁，自上海下放到这里，有个很拗口很难记的名字。次日，强强割草路过，上海婆把强强叫到门口，翻着一本厚厚的大书，用普通话读道："春生芽，布地如针，俗谓之茅针，亦可啖，甚益小儿……"茅针也写到书里了？内容似懂非懂，茅针、小儿这俩词听清了。上海婆指着书上插图，说这东西不但是美食，还有药用价值。强强听着新鲜，只是觉得插图画得不像。

　　上海婆还告诉强强，茅针别名谷获。

书中的强强当然就是我自己，至少有我的影子。这一段描述基本真实，只不过上海婆在隔壁村上。

这个片段在开篇第一章。重点是写强强在河边拔茅针，受到阿良欺负。

　　"这疙瘩的茅针是我最先发现的，你敢跟我
抢？"阿良勃然大怒，伸手掐强强的脖子。强强手
中握着镰刀，如果他下得了狠手，阿良也不是铁打
的。当然，自己也得作好受伤的准备，可他不敢，
他怕看见血，不管是自己流血还是别人流血，更怕
惹事后遭母亲重责。强强只有冲动，没有行动。阿
良知道他的反抗仅止于嘴硬，每一次反抗均因关键
时刻的怯懦而退缩。

　　阿良在散落的青草中翻找，抄了强强的裤兜，
连一枝茅针都没给强强留下。当着强强的面，阿良
剥开最肥嫩的几枝茅针得意地咀嚼着，临走前留下
狠话："记着，这片河坡上的茅针是我的，再来偷，
挨拳头！还有……你敢笑话我，小心点！"

　　在这里，茅针仅仅是一个道具，一个意象，串起故事链。
跟割草受欺负，打弹弓受愚弄，打楝树果反抗等等童年日常
一样，推进连续故事。所以，写的是茅针以外的意思。

　　过了雨水期，清明前后天气很好，人体舒适度很高，天
高云淡，但没有秋天高远的感觉。由于节气特殊的含义，给
人压抑感。新丧不满三年，谓"新清明"，留在家人心中的
伤痛尚未彻底淡去，每到清明前后，很多人说，夜里梦见亲
人了。是因所谓阴阳相通而出现的托梦，还是因为日有所思
导致夜有所梦？想起逝去的亲人，心头荫翳笼罩，脸上自然

不开心。

古人守孝以三年为期。不能办喜事，不能远行，在外做官的人也辞官（或相当于留职停薪）回家守孝，这当然指大户人家。布衣之家规矩没那么重，男子在鞋面蒙一块白布，女子扎白头绳，日子寻常依旧。以后，亲人一日远似一日，伤痛慢慢淡退，过清明变成象征性的纪念，且不能在正清明摆祭饭了。

风俗"提前七月半，落后过清明"，其间有无奥妙，不得而知。七月半"鬼节"得提前过，清明要迟后，最迟大概不会超过五一小长假。人们多选择其中一个双休日，买点菜，邀一两桌至亲，范围大的五六桌，十来桌，用上厨师，可比"小办酒"的规模了。清明当口，市场菜价暴涨，乡下形容"抢铜钿"，过后即回落，与春节、国庆长假等相似，多见不怪了。俗语"死活有份"，过清明也是聚聚的由头，年轻人大多不愿参加，都是一帮老头老太。日子不怎么富裕，平时难得"开伙仓"，这算得上是大餐了。觥筹交错，咿咿呀呀，好不热闹。

先前还是泥路，出行费时费力，步行时代亲戚间来往频繁，走亲戚当一件大事。出行条件今非昔比，彼此来往反倒稀疏了。是不是亲情稀薄了？恐怕不乏这种原因。过去各家条件相差无几，如"芦席上爬到地上"，遇有大事难事，亲戚间互相拉一把，谁也离不开谁。现在贫富悬殊，各开门头各开户，彼此间因财力不对等而渐渐疏远。现在的通信日渐发达，有些一个电话能解决的事，何必非得上门，把时间浪费在路上？人不去，自然不存在招待、还敬，碰面成了奢侈的事。难得聚聚，自然话多。内容无非是家长里短，顺带说说逝者，慨叹人生无常。时间就这么不咸不淡过去了，老头们坐等酒菜上桌，老太太可能帮本家干点啥，最终归结到一个"吃"字。

这一阵，黄昏的村道上，经常能见到这样的场景：一对老夫妻，老头蹬着三轮车，老太坐在车里，踩着最后一抹稀薄的暮色，吱吱嘎嘎，慢悠悠回家。也有反过来的，那一定是贪杯的老头喝多了，一脸酡红，摇摇晃晃，还酒说酒话。夫妻相濡以沫，双双健在是天赐福分，七老八十还赶得动亲戚，喝得动酒更是人生大幸。

谷　雨

曾在一个教学随笔中写道,讲《燕子》这篇课文时,有学生质疑:"阳春三月"是否有"稻田"?就是啊,阳春三月怎么会有稻田呢?有老师胡乱解释,说稻茬地就是稻田,也有说种过稻子的土地都叫稻田。当然,这总比因被学生问住而恼羞成怒要好,至少态度好一些。然后老师把难题抛给我。我耗了好些脑细胞,最终想到这可能和作者的生活环境有关。作者郑振铎祖籍福建长乐,出生浙江温州,浙江、福建均有早稻,移栽期在清明前后。对应时间,正好是农历阳春三月,这不就对上号了?

浙江的农时比我们略早,那里的谷雨才是真正的谷雨,我简直怀疑二十四节气是浙江先民的杰作。浙江在古时是越国故地,那时的人们已经开始种植谷物了。倘若再把时间向前推移，据说良渚遗址中发现了陪葬的谷物，可见这里种谷的传统可以追溯到良渚文化时期。令人憋屈的是，我们这里的罗墩遗址在被抢救性发掘后，以出土文物界定，也命名为良渚文化。我经常在想，如果罗墩遗址先被发现，那良渚遗址是不是应该被命名为"罗墩文化"？黄河流域为华夏文明的摇篮，按常理推测，在随后的迁徙中，祖先踏上罗墩的足迹应该先于二百公里之外的良渚。哈，扯远了。

在二十四节气中，只有谷雨与芒种与农事有关。听到《敬一丹说二十四节气》时，我的节气系列已经写得差不多了。她的稿子引经据典，话题泛泛，与我侧重细节的写作不同，对我来说参考价值不大。谷雨，究竟是谷如雨，喻春耕繁忙，还是雨如谷，形容雨水对春耕的作用？还是有别的解读：要趁连日阴雨天气落谷，不致让烈日伤了谷物嫩芽？似乎都说得通。

苏南三月，麦在地里长，谷在仓里藏。恰是青黄不接，农人处于农事的罅隙间。清明后到芒种前，农田里见不到一个人影，家家关门闭户，农民都在坯场添砖加瓦，砖和瓦都不是成品，是半成品——砖坯、望砖坯和瓦坯，统称为土坯。

我的童年故事，一次次写到望虞河边的坯场。因为做土坯最吃苦，没有一项农活如此高强度，又没完没了持续俩月的。毫不夸张地说，吃苦程度不逊任何一种重体力劳动。一季坯下来，母亲狂瘦好几斤，尽管她能吃能睡。母亲吃得多，白米饭加蔬菜或咸菜，没一点荤腥。能睡，在有限的睡眠时间里，躺下便能睡着，直到闹钟催醒，起床烧早饭、吃早饭还一直迷迷糊糊，走路都恨不得打瞌睡。母亲做不到无怨无悔，怨父亲不争气，怨出生的这块土地总有的劳碌，怨自己命苦……一边怨一边干，从无罢工的实质性举动。

那时候的母亲也没有心思打理自己的形象。头发乱蓬蓬，鼻孔嘴巴眼眶被草木灰染黑了，两手又脏又糙，掌纹中嵌着永远洗不净的黑污。反正摸黑出门摸黑回家，见不到外人，母亲也不怎么将形象放在心上。出入坯场的女人都灰头土脸差不多，就是天生丽质的大姑娘来了，恐怕回去的时候也好不到哪里去——如果这个季节相亲，多半嫁不到好人家。

散文《做土坯》详细描述过掼坯、停坯、运坯、制作泥料的种种辛苦，这里不再重复。

我懂事之前，坯场不在望虞河，在内河与外河交界。那里有一处开阔的深水区，南北走向的村河到这里分叉，一条向西通往望虞河，一条折向东，沿着村庄曲曲绕绕通往尚湖。出尚湖可往虞山镇，更远可到上海、苏州、杭州。大概那时因为供销社雇船装运黄笋的缘故，队里开船最远到过杭州。

岸头地势不够开阔，隔着河分两处坯场。河东坯场紧挨小窑，河西坯场大得多。一年年持续挖泥，坯场从河边往里推进，丰产粮田被硬生生削低两米，成了低洼地。村人觉醒得不算晚，如此无休无止啃噬粮田，贪图眼前利益，是对子子孙孙不负责任。于是村里人开始摇船外出取泥，不知一船船泥料来自哪里，劳动成本却因此实实在在地大大增加了。坯场终究难以为继，小窑也关停，废弃了。

烟囱不冒烟了，倒塌了，窑炉（又叫窑鬶）还在。我们经常到废窑上玩。站在窑炉底部，可以看到窑鬶巨大的内壁，给人压迫感。窑鬶简直是巨大的扩音器，你喊一句，我叫一声，回声拖着尾巴持续嗡嗡。站到窑顶，那里有一方"天窗"，很多孩子不敢走近，偶有一次壮起胆子，趴在"窗口"往下看，十多米的高度，令人双腿发软，毛骨悚然。平生第一次恐高的体验便来自这里。

窑顶有池样圆坳，俗称"窑潭"。煞窑、封窑后，密封"天窗"，人们会在池中灌满水。水从潭底渗入窑炉，化为水汽，不仅池中水沸腾，整个窑外都冒着水汽（老人说，这口窑盘得不好，漏气的窑费柴火）。烧红的砖瓦遇水汽嬗变为青黑色。初中化学有《认识铁元素》章节，老师以此为例，因为黏土富含铁元素，高温下铁元素变成三氧化二铁，自然冷却呈红色。三氧化二铁与水反应，还原成四氧化三铁，冷却后呈青色。窑工是村上农民兼职，讲不出道理，却谙熟烧窑技能。

依然记得破窑的样子，还有那种身处其间的感觉。老祖宗实在聪明，这口窑虽破，但它的选址、布局都透着智慧光芒。它坐落在一处坡上，那边窑场低，几乎与河面齐平，装砖卸坯便利；这边地势高，上窑顶省力。河中竖一架木梯，与岸头架一块木板，一条上窑水专用路就从窑顶侧向斜伸到了河面上。挑窑水的工人走上木板，蹲下身子将两边桶里挽满水，挺起身子，一步一挨上坡，倒入窑潭。父亲年轻时挑过窑水。挑窑水与罱河泥，是男劳力立足乡间的资本，力所不逮一辈子被人鄙视。通气、透光的窑顶"天窗"也巧夺天工，如果没有它，如何在密闭的窑炉中装窑、出窑呢？

如果这座窑留到现在，说不定将重新修整，成为一处窑文化遗址被人瞻仰。而在当时，它不仅不会给村民带来利益，还明摆着潜在的危险。表哥五岁那年，从窑顶"窗口"摔下，小孩身子轻，又有棉衣棉裤做缓冲，他的运气没坏到极致，总算是大难不死。可是他的眉角和鼻梁，也因此留下了明显的疤痕。据说，第一时间发现且将他抱起来的是我爷爷，也就是表哥的外公。

有一年冬寒，窑被扒了，或者说先拆后扒，拆下的砖和石头，被队里拿回去用来搭建猪棚。整个窑区成了落差悬殊的坡地，留着窑场的地名，分给各家复耕。窑上堆土被长期烘烤，土质渣化、砖化，碎砖瓦砾充斥其间。颜色也成了黄色、黑色，或难于形容的杂色。垄田翻土，一不小心就把铁耙刺弯了，锄头口卷了。开始以为这块地上种不活什么，恰恰相反，这里的土壤肥力很足，种什么丰收什么，山芋大而酥，黄瓜多而脆，南瓜大到抱不动……我家靠近河沿，最东侧水沟边，通风好，光照足，浇灌便利。一个大坛头上，玉米、高粱、芦稷粗壮，一窝香瓜匍匐其间，河边三角形瓜架挂满黄瓜，水渠边长豆（豇豆）棚上来不及吃。每寸土，每方天空都不闲着。处于中间位置的地块远没有像我家那样出产那么多，懒惰的干脆扔几行豆种，收多收少但靠天。

坯场关闭后，多家换行当做瓦坯。做瓦坯有种种好处：值钱，比八五砖、望砖卖价高；省泥料，三块抵一块砖，一季下来不知差多少；便利，坯场设在自家屋场上，烧饭吃饭方便，省却送饭的麻烦，来去路上，就算喝口水也方便，水井不远。起初母亲不怎么赞成，担心做不好。但出于从众心理，加上父亲执拗，最终达成共识。

一开工，问题逐渐暴露出来。泥源远，父母摇着队里农船去远处取泥，挑上船，回来又得挑到屋场。我家离河沿远，且仅有的三条农船你抢我夺，出手慢了轮不上；屋场不够大，堆泥要地方，作场要地方，晾晒瓦桶要地方，干瓦腾放要地方……地方不是没有，东邻"老黄瓜"家屋场与我家相连，他家不做瓦坯，无生产上的冲突。可是，"老黄瓜"水泼不进，"小黄瓜"帮腔助势，父母说尽软话，赔尽笑脸，这家干脆在场边拉了一道烂草绳，"黄瓜婆"还"野里叫"，只要一颗土坷垃滚到她家场上，非把我家瓦桶踩烂不可。一个族的同姓，族亲关系还不远，就是看我家挣钱眼红，怕我家日子比他们好过。场地逼仄，好端端天气，场上瓦桶来不及干，瓦坯做出来没地方晾晒，做做停停，延宕生产。

制作泥料难度提高，是另一个问题。瓦坯是细活，泥料软不得硬不得，不能有生泥颗粒。翻土，踩踏工序比砖坯考究。最后竖起一人高的泥坨，需方方正正，以特制的钢丝锯一层层剖开，大小对应瓦桶用料。太大费时费力费料，太小没法做。

泥料考验父亲，做瓦桶则考量母亲。瓦片呈弧形，两头宽窄不一，四张瓦片恰好拼成一个圆台形，与马桶相似，吴语"瓦""马"不分，也符合形象上的巧合。母亲扔掉熟门熟路的"木范"，如箍桶匠造屋，短处作长处用。头天如学手艺，出不了活，一两天下来，手脚麻溜了。她做了一个自由脱卸的圆形模具，外径相当于瓦桶内径，模具装在一根活络转动的竖轴上，将一片剪裁停当的长方形泥料贴在上面，粘接成圈状，一手转动模具，一手按卡尺裁去多余部分，再用稻柴芯刷子蘸水刷一圈，用带把手的木夯轻击瓦桶，一连串咚咚声过后，揉滑外表。瓦是铺在屋面的，需要做得光滑、结实，还不能留有气孔，要保证它不漏水渗水。连带模具提出去，放在平整的土场上，轻轻撤去模具。依次重复。最后一道活称"提瓦桶"，类似做土坯的"停坯"。母亲一直唤我打下手提瓦桶，她只管做，因为至少有两套模具。

瓦桶娇嫩，曝晒或风吹易致开裂。多云带微风天气最佳，大晴天得给它们盖上薄苫草。小半日工夫，趁着瓦桶未干透又不变形的状态，将它们拆分。叉开五指，双手自外向内轻叩瓦桶，它依模具上预留的印痕自然分解为四爿，即将瘫倒的瞬间，一手攥住两片瓦，防止倒地损坏，然后两两对靠，支在地上继续晾晒。

晒场如一道风景。这边一排排列队整齐的瓦桶，那边一排排对靠的瓦坯。不是追求美感，而是有意无意间练就的"手脚"。不需两天，工程就能干到七八成，码起来，待小窑来人装走。瓦坯脆弱，一不小心就会碎裂、缺角。所以搬运时每个动作必须轻柔。瓦坯都是一顺儿竖着码放，码第二层前，取两根柴草在柴根处一扭、一别，首尾各放一个柴附，防止打头或收尾的瓦坯掉落。这活我干不来，并非搬不动，而是手脚不够轻。轻手轻脚搬重物，是不是要敛气屏息另加三分力气？

突至的雷阵雨对瓦坯是灾难性的。雨季的天不好说，适才红日高照，突来一阵妖风，大块大块乌云撑过来，豆大的雨点啪啪打下来，天地间黑蒙蒙，水蒙蒙。倮么好哉！一家人似电影快放的镜头，疾速将瓦坯抢进屋，乱七八糟扔在地上，哪里顾得轻手轻脚。半干的坯能搬，刚做出来的瓦桶软奔奔，上手不得，只能加盖一层苦草，但地上漫过来的水挡不住。泥做的东西，一旦被水泡过便塌落。雨过天晴，全家在场上清理烂坯，大半天辛苦白搭了。

小窑、小窑产品、小窑文化，对本地人家翻建房屋有着根深蒂固的影响。为何不说造房子，说盖房子？可见传统文化对屋顶的器重。木头梁越粗越好，方方正正的木头椽子等距离钉在梁上，椽子间铺一层望砖，小瓦盖屋面。青色小瓦，一张张一行行顺着坡面衔接，凹面朝上仰放一层，成排水槽。凹面朝下再盖一层，扣住两行间接口处。有人形容江南人家的屋面呈鱼鳞状，感觉形象却不生动，但似更无合适的词汇表达。

轮窑开始红火，出产机红砖和洋瓦（平瓦）。不少人家放弃青砖，不拒红砖，反正内外墙都要刷石灰。再说，青砖稀罕，须得以燃料换。原来的小窑，因种种因素陆续关停。就说生产周期，小窑头带尾长达半个月，而轮窑只需一两天。烧窑师傅日益老去，年轻人谁还愿意学烧窑，干这又脏又累又不挣钱的营生？

　　母亲只做了一季瓦坯，就又重新拾起了做砖坯的旧行当。木范还在，苫草还在，砌瓦基上当工作台的大青砖还在，搭坯棚的毛竹和秆秸帘子也都在。母亲说，就当做了一场梦。

立　夏

今年立夏，是五一小长假的最后一天。乡下谓"立夏日"，吴语把夏读成 wú。照例要吃蚕豆，吃咸蛋，吃竹笋的。蚕豆甭说了，暖冬加上暖春，自家种的蚕豆已经先于季节上桌几回了；咸蛋么，节前学校食堂里吃过，它也是小饭店里最简单最省事的冷盆；竹笋不在习俗里，只是它来得凑巧，笋烧蚕豆的独特搭配，让蚕豆的涩、竹笋的苦互相抵充，竟滋生别样的口味。

小镇上的家距老家不过五公里，开车不过十分钟，这是现在的距离。以前泥路后来砖路再后来砂石路，拐来弯去，步行一个多小时，骑自行车半小时。那时我的车屁股上经常放一把小铁铲，几个硬纸提袋。母亲猜到我要回去，总会为我预备一大袋子蚕豆，井台水池边搁几支带新泥的竹笋，是露水里挖的。母亲说可以带走，也可以自己去竹园找，不过前一阵子雨水少，竹园太旱了，笋钻不起来。

母亲一直以为，我家竹园的"种子"来自外婆家，是外婆自家竹园的竹根繁衍出的，这跟我记忆有些出入。记得1985年建房后，我到集体竹园里挖竹根，埋在屋后新填的土里。细细回忆，外婆带来的竹根不多，由此引发了我繁衍竹园的遐想。竹园有种种好处，孩子能在里面玩，家里有竹笋可以吃，青竹还能扎篱笆。所以小时候，我一直羡慕拥有竹园的人家。多年后，屋后竹园小有规模，竹子沿着东西两侧空地逐年推进，从东西北三方围住三间房子。它地下的根穿过"石脚"，长到屋子里，走廊中。西边小屋基连着废弃的菜园子，残墙还在，猪羊圈位置土质肥沃，菜地土质松软，竹子更盛，土竹粗壮如毛竹，竹笋也跟着肥壮。

踏进竹园得分外小心，但觉脚底磕着什么却有一丁点弹性，不好！踩着笋尖了，连忙本能地跳开。地上有苔藓、摊棵矮草、腐败的竹叶、垃圾袋，刚冒头的笋尖不易发现，一脚踏过，这支笋夭折了。

这把短柄小锹是买来种花的，小用便当，大用难当，挖笋挺凑手。将铲口斜插到笋根上，轻轻一撬，嫩笋随一声脆响蹦出笋窝。笋长得快，一天蹿高一拃，两三日不理即发青，老不可食。太嫩也不舍得吃，剥去笋衣仅剩手指长一截，三两支尚不够一碗，太糟蹋了。挖笋也有讲究，除了大小合适，还得看它长在什么地方。竹子本来密集的地方一个不留，太靠路边的不留，竹子稀疏处留一点，两三支聚集生长的留一支足够了。墙边砖石缝里挤出来的笋，扁扁的、白白的、嫩嫩的，品相最佳。

一对老夫妻冒出来，远远看着我，走过来闲聊几句。起初我并不在意，后来发现我每次去挖笋，他们无一例外表现出非同寻常的"关心"。这似乎不太符合他俩前半辈子的为人。母亲后来的解释令我茅塞顿开。竹根在地底下不长眼，暗度陈仓伸到他家地盘了。隔着一条路，有一块不大的三角形荒地，满是碎砖瓦砾且不平整，他们沿老屋残壁目测延伸线，声称线那边长出的笋归他家。起始我还不清楚所谓的界线，压根想不到我家竹园边滋生的笋居然不属于我家，只是对那支不大的竹笋的去留抱犹豫。老妇发话了，说那是她家的。守着那么大一个竹园，我自家，包括母亲，包括弟弟家都来不及吃，尚有多余的馈赠亲友，居然有觊觎别人家的嫌疑？无须说，我的语气友好不到哪里。他俩比我母亲略长几岁，老头有些木讷，本就瘦小的老妇缩成虾米。不过他们年轻时可厉害着呢，我家没少受他们的算计。行将就木的人了，依然如此心胸，满口漏风的瘪嘴还嚼得动笋吗？还是为哪个儿子家争几支竹笋？下次再去，那里除了杂草，连手指头粗细的笋娃都不见了，老夫妻就此无影无踪，他们失去了牵挂。

一次挖上十来个笋，足够了。刚离地的笋还能继续长，且加速变老。即便搁半日，也比刚挖下来时损失大半鲜劲。比起福建、浙江的早笋，我更钟爱本地笋。它没有令嗓子不舒服的辣味，稍苦而恰到好处，带着隐隐的甜。油焖笋味道纯真，笋丝摊蛋别具风味，腌笃鲜放一半竹笋一半莴苣，那味道值得盼望一年。

土竹种类不多，早笋又叫燕笋，出市早。我家的大概是最普通的淡竹笋，比早笋火气轻，不齁嗓子。气温和雨水都会影响出笋时间，最多可差半月。笋季采食时间很短，隔三岔五吃上三四次就没了。捡漏不易，过了时间要么夭折，要么笋成了竹，笋衣还在，新竹都蹿到四五米了。

蚕豆，是越冬豆。同样从冬季过来，豌豆被叫作寒豆，蚕豆怎么不可以呢。蚕豆属于小杂粮，五谷中排名第四的豆（或菽）不是蚕豆，是芸豆。蚕豆得名于豆荚的形状，实不敢说它与蚕有几分相像。那时候，母亲喜欢蚕豆豌豆"一镬熟"，蚕豆剥去豆荚，豌豆留着荚。吃豌豆多了一个必要的过程，手指攥住豆荚，轻轻含在两齿间一拉，圆圆的豌豆从豆荚挤出来，乖乖落进嘴里。吃出了情趣。不过现代人更"会吃"，不吃豌豆吃豌豆苗。豌豆苗有什么好吃的？一股子青涩气，类似南瓜嫩头、红薯藤，以前都是喂猪的。或者，不待豌豆饱满，隔着瘪瘪的豆荚才一点点凸起，吃嫩荚。不知这些是吃得讲究，还是别出心裁？

蚕豆都种在路边，巧妙利用田埂一侧或两侧闲置的空间。整块种植不出产，且浪费面积，傻瓜才那么干。种植季节当在秋熟前后空档。两人一档，一人持方锹，脚踩锹肩在田埂边掘开一道缝，另一人往缝内塞两三颗豆种，顺脚一踏合上缝。

一个冬天，豆苗基本上不长。待得回暖，豆苗噌噌噌往上长。阳春三月，蚕豆花开。蚕豆花颇有特点，像极了蝴蝶半开的翅膀，花瓣白中带一点紫，中间似褐色的眼珠，密密层层的花就像蝴蝶集聚在它方形的茎上，微风过处，轻轻扇动着翼翅。

蚕豆花期历时一个多月，不等凋谢，豆荚就已经悄悄翘在那里了。一朵花就是一个荚，粗看零乱，细观稠密而不失秩序。豆荚日长夜大，豆的发育明显滞后于荚，剥开来似乎是空的，只有细小的一点。豆荚长停了，十天半月外形变化不大，只是鼓起的地方日益饱胀。

有一年，遭遇倒春寒，作物生长明显滞于往年。立夏这天，母亲到蚕豆地采豆。这块地原先属于集体窑厂，来不及复耕，村里老头老太谁先抢到算谁的。母亲垦荒的这块地，大概半亩多，潜意识间窑厂征用前就是我家的，尽管落低了一米，田貌破坏，原来作为界线的田埂不在了，但从前后左右参照物，从踏脚落地的第六感觉，能大致框定原来的范畴。地有灵性，不会欺生，母亲觉得在大半辈子挥洒汗水的地方耕耘，有底气，有踏实感，有亲切感。否则，何不选择离家更近且浇灌便利、出入方便的边缘地带。蚕豆只需雨露日月，根瘤菌有造肥功能，母亲用两年时间硬是把一块生土种成熟土，不管是蚕豆，还是后续种的红薯、赤豆长势都比别家的好。有一次，母亲说今天是个特殊日子，好歹弄一碗蚕豆。她挨棵一荚一荚摸过去，选择根部相对饱满一些的豆荚，摘了半篮子。不过那些豆子的豆粒不足正常的一半，豆皮深青色，烧煮后起皱，涩味重。不消十天半月豆皮泛白，表示长足了，口感大不一样。

土地流转后，田埂没有了，有限的自留地种四季蔬菜，母亲就指望着在这一方开荒得来的地上种一点蚕豆。她如呵护孩子一般，每天早晚去田头转一圈，拔草，捉虫子，清沟排水，摸摸日益饱满的豆荚。西北角的一块计划留种，其余的青蚕豆足够吃半个月，等开始变老一起采剥，放冰箱速冻。怎奈母亲的如意算盘不幸落空，忽一日夜里，蚕豆被偷摘殆尽，豆萁被踩得一片狼藉。有人说我母亲种得太好，太显眼。母亲站在晨风中发愣，花白头发蓬乱，晨露打湿了裤管。

蚕豆荚与别的豆荚不一样，厚而绵软，再嫩也不可食，老了变薄成黑色。一个荚难得没出息的"独卵种"，两颗或三颗豆者居多，四颗罕见，五颗理论上有，平生没遇见。剥豆子不是剥，是用指甲沿侧线把豆荚掐开，拇指伸进去顺势将豆子划拉到掌内。不过这都是孩子们的弄法，他们手指力道不够，成人不这样。将豆荚横置三个手指间，食指无名指配合抵住，中指用力一捏，噗的一声，豆荚拦腰折断，豆子落入掌心，一气呵成。噗，啪，呱，每荚音色不一。

刚刚剥出来的豆子有些黏，遭遇病虫害的豆子偏小，有一层黑腻，不可食。豆子铁元素丰富，煮熟后发黑，剥过豆子的手也都黑乎乎的，似乎脏兮兮。

青蚕豆都是这么烧的，淘洗干净，热油下锅，刺啦一声，豆子在油锅中翻飞。不比寻常蔬菜，蚕豆不"吃油"，起锅的豆子油星子还在哔剥。没有葱香，蚕豆的味道会逊色不少，一把小葱不可或缺，起锅前撒葱花，与豆子下锅同炒，均可。豆子下锅前用热油把葱花爆一两秒更佳。除了竹笋，蚕豆与咸菜搭配也别具风味，咸菜中的酸香通过裂开的豆皮渗入豆瓣，赶走了它固有的青涩味。

蚕豆当蔬菜，也当杂粮。舀米时母亲可能有意识地少一个满头，或特意抓出一把还进米窠。吃新豆是不允许吐壳的，母亲目光炯炯，严格监视我的嘴巴。本来一入口酥嫩的豆瓣与豆皮分开了，和着豆皮囫囵咀嚼多没劲，但也不敢吐出来。其实豆壳吐出来也不会扔，留在桌上一起抹进猪食桶，或干脆把桶凑在桌边，边吃边吐。即便如此，母亲还是不允。圈里哼哼闹食的猪暂时还没有享受豆壳的资格。等豆子发白、老了，老得母亲都觉得难以下咽，她带头吐壳吃。

不过，我有办法。吃豆那会儿，我会用新麦柴编织小篮筐。陈年麦柴不干净，且无新柴的清香。小麦柴太脆，只有元麦柴有韧性，经得起弯折、缠绕。麦柴篮筐粗制滥造，盛半筐蚕豆，借口出去玩的时候带去吃"。避了父母眼睛，谁知道我吐壳还是咋的。有一阵子，得感谢家里的一条黄狗。它直觉跟着我出去不会吃亏，给我把豆壳收拾得干干净净，不留丝毫痕迹。狗狗反应灵敏，跟接我抛的山芋皮一样，它抄到我跟前，歪着头盯着我的嘴巴，在我吐出豆皮的瞬间准确张嘴接住。父母知不知道我的小九九？或许他们只是不想道破，默认了我的自作聪明。

那时候，晚饭是喝粥的，只有来了亲戚例外。哪家无缘无故晚饭吃米饭，乡间被称为"完秀"。按说"桥归桥，路归路"，乡下人管得宽，你再有钱也不能打破常规，你晚饭吃干的就是惹了我，触犯众怒。那天，母亲突然在粥锅里煮了两个咸蛋，用菜刀轻叩蛋壳，切开，每人半个。今儿啥日子母亲如此慷慨？母亲说立夏日。青色蛋壳，玉色蛋白，橘色蛋黄渗出诱人的膏油。蛋黄不长在中心位置，切成两半后蛋黄明显不对称，尽管总体大小差不离，蛋白与蛋黄还是有分等的。母亲让兄弟俩先挑半爿，剩下的他们吃。太咸了，父亲说就像吃盐疙瘩，就粥还好，总比吃咸菜萝卜干强。

蛋是母亲自己腌的。母亲放盐手重，存放时间又长，大概是春节待客的剩余。每天一早，母亲唤我去鸡埘、鸭舍扒出鸡鸭蛋，小心存在带盖的木桶里，一个个攒着舍不得吃。鲜蛋，尤其是夏天的蛋存不起，乡下人都会自己腌制咸蛋或皮蛋。腌皮蛋复杂些，用石灰加硝（亚硝酸盐），涂抹在蛋壳上，滚一层砻糠，储藏于小甏。腌咸蛋比较容易，粗盐溶水拌黄泥加草木灰，蛋壳上裹一层。蛋的咸度与盐的浓度，与存放时间有关。我觉得多此一举，鲜蛋直接浸泡在盐水中即可，何必多此一举呢？事实上不一样，真该佩服传统的智慧。草木灰呈碱性，内含多种微量元素，做出来的咸蛋与只用盐水泡的口感大不一样，不信你试试。

鸭子吃活食，拿它做咸蛋，品质优于鸡蛋，尤其是自家腌制的咸蛋。

小 满

　　清早，朋友圈表现平淡，稀稀落落有一两条与小满有关的帖子，可能大多数人认为小满不算关键节气。现代人对传统的解读总带着鸡汤噱头，有帖子说大满则溢，小满就是提醒我们不可自满。这哪儿跟哪儿啊？在南方，小满指江河水满，"小满不满，无水洗碗"。在北方，意味着冬麦灌浆渐渐饱满。节气是上古农耕文明的产物，先民观察天体运行，分析农耕生产与大自然节律的种种联系，慢慢形成了时令、气候、物候等方面变化规律的知识体系。这种知识口口相传，老农们多多少少懂一些。

　　五月中旬，大麦元麦开始收割，小麦尚未熟透，收种还没进入紧张阶段，农民忙着积肥，为插秧作准备。

　　红花田里，一堆堆割下的红花草堆在一起，一片红色转眼变成绿茬地。紫云英，俗名红花草，既能当牛和猪的青饲料，又是沤肥草料。它的播种时间与冬麦相当，种子撒在潮湿的稻田里，稻子收割时，田脚铺一层细小的稀薄的草腥子，简直怀疑这不起眼的新绿来日能成大气候。越冬前，撒一层乱柴壳给它保暖就行。开春，紫云英被霜雪打蔫的叶子日渐放绿，一枝枝细细的独苗摊开棵，与金花菜相像。对了，红花草也可充当蔬菜，炒着吃、焯水凉拌、腌制均可，不算好吃也不算难吃。母亲有红花情结，说饿肚子那几年，全靠红花团活命，就是把红花草焯水捏成团，在表面滚一层麸皮。可能有些现在的人会问：那是猪饲料，怎么能吃呢？小学时吃过几次"忆苦饭"，红花草切细煮成面糊，煮出来的东西当然比不上青菜糊、荠菜羹，不过菜油、食盐一样不少，除了口感有些怪，根本谈不上"苦"。

阳春后，红花草一个劲疯长，摊棵变成密密匝匝的直立状，整个田就像一块硕大的垫子，以田埂为参照，能感觉这块垫子日益增高，最后伸出田埂一大截，遮掩了大半条田埂。奔跑其间，茎叶刷刷地拍打着鞋面，两个趟子下来，鞋子裤管沾满青绿。虽然那时红花草是集体财产，照例不能碰。可我们还是最爱在红花地打滚，所过之处压塌一大片。也爱在里边奔跑，脚过处留下清晰的凹痕。

紫云英开花了，初始时是稀稀拉拉的红色，渐渐地，红色铺满田间。花色艳美，红花草由此得名。不过，乡下人对司空见惯的红花无甚美感，似乎它们只是紫云英的一个部位，或者说一个生长阶段，到头来与茎叶一样都是肥料。花呈鲜艳的粉红色，从顶部到基部渐次变淡，据说还有黄色的花，我没见过。花略呈倒伞形，一圈多个旗瓣，花瓣看似独立却联结。分田后，紫云英从这里绝迹了。多年后，梦境中出现过大片盛开的紫云英，拖拉机路，赤脚匆匆赶往田里的农民，割草的小伙伴。

紫云英花期不长，正好赶着油菜花，只要蜜源充足，放蜂人可以延长赶花时间，多待十天半月。大自然安排紧凑，再接着就是槐花了，可树少不成气候。槐花蜜清澈微蓝，优于菜花蜜。红花蜜乃上品，色泽略呈粉红，非常见的黄色。纯粹的红花蜜是没有的，你不可能阻止蜜蜂采其他的花。至于一些有毒植物，紫藤、夹竹桃、夜来香，等等，蜜蜂有无辨识本能，不得而知。

沤肥用的红花草是等不到结果的，要在它刚好长足，即将衰败前收割。只需一小块地留种，任其结荚，枯败。与花的艳美极具反差，红花草种子丑陋，黑色细长的线形荚果，将细小的腰子形种子包在里边，那些种子只比芝麻粒稍大，大自然将全部的美艳赋予了花儿。

割红花是上了年纪的女人的活儿。就像平日里割草，自然形态下的草鲜有这般繁茂，也等不到这般繁茂。坐个小板凳，挥几镰往前挪一步，悠闲而轻松。

年轻妇女没这等轻松，干的都是重活。我在很多文章里写到灰潭。灰潭，就是外形似正方形，用来临时沤肥的土坑，一半在地下，一半在地上，出肥后扒掉插上秧，来年重新开挖。那是男劳力的活。灰潭在靠近毛渠的田角，基本上在同一位置，新土与旧土交界明显，定位并不吃力。一把铁耙，一把铁锹，垒垒挖挖，向下挖出一方塘，挖起的土有序堆筑在潭边，踩踏紧实，围成坝埂。毛坯需进一步加工，防止漏水渗水，免得影响沤肥效果。稍许洒点水，底部踩坚实，内壁用铁耙脑敲打，留下密密的重叠的凹痕。田脚与堆土交接处最容易漏水，来回多敲几遍。黏土比沙土紧致，能否保证不漏水，不好说，尽管开工前刷墙似的给四壁抹上了河泥。

腌灰潭这词挺形象的。铺一层红花草，压一层河泥，以铁耙扒拉匀了，再铺一层压一层……与缸甏里腌制咸菜差不多。农民的智慧，无不折射生活的影子。

我在一个小说中写过传担河泥，河泥担子重，不下百斤，压在农妇肩头不轻松。从河边到田间，远近不等，有上坡、拐弯，走的都是狭窄不平的小田埂。根据路程分三档或四档，头档装担，末档倒担，中间的称长担。很多人喜欢在中间，宁可多走几步路，活儿单纯，清爽。开春时罱下的河泥，存在湖塘里，塘口比较干爽，越往里越稀烂。塘底泥泞落脚不得，铺些稻草，撒些草木灰，依然被烂泥弄脏畚箕绳和扁担，弄脏了鞋子、裤管、肩头。装担活脏且啰唆，都不愿意干。有的组轮番换位，大家不吃亏不占便宜，但整体上有影响，因为脚力、膂力参差，农活各有擅长，组合不佳影响工效。母亲的手比腿脚厉害，装担扬长避短，有谁表扬几句，她无怨无悔钉在装担位置。倒担是末档，站在湿滑的灰潭沿，手腿腰全身配合，畚箕朝外一荡，就势一拉里绳，将河泥倾倒在灰潭中。力小倒不出，用力过猛连人带担子跌入潭中，一身泥水，狼狈，且没面子。

　　过几日，潭面不时冒出一个个气泡，沼气奇臭难闻。反之，没几天，潭面干了，没臭味，说明潭里漏水，影响沤肥效果。那要倒查追责，扣工分。一次，公社组织在我们队里开现场会，请一位老干部做指示。他是半文盲，口才也不行，情急中说：毛主席教导我们说，只只灰潭泛泡泡！没想到，就这么一句话，赢得了满场喝彩。老农们感动流泪，毛主席都知道灰潭泛泡泡，可见他老人家与农民贴心。老人家肯定没说过这样的话，这种场景以后不会再有了，特定时代公众的领袖崇拜不能等同于愚昧无知，因为他们的感情是真挚的。

　　朋友圈在说，今天"入梅"了。今年的"梅"不偏不倚，史料载，这里最早6月1日，最迟7月14日。一般历时24天。老人说，称入梅是因为梅子黄了，那仅仅是巧遇，或者谐音重合吧？入梅是以雨水量来衡量的，如果大大提前，梅子跟着早熟？如果严重迟后，难道树上梅子眼巴巴等着老天下雨不成？要是钻牛角尖的话，如何解释晏几道的"梅子黄时日日晴"？

　　常熟人唤"黄梅天"为"腌渍天"。这天气不甚高，徘徊于30℃左右，距正伏里差一大截。但不舒服，闷得人喘不过气。皮肤湿漉漉、滑腻腻、黏糊糊，身上不爽。地砖上一层水汽，走路打滑。来不及收藏的春秋衣服挂在楼梯间衣架上，袖口、领口"长毛"，闻着一股子霉味。

　　我向来觉得"入梅"乃"入霉"之误，空气中湿度高，给霉菌提供了绝好的生长条件。大概霉字不雅，霉变、倒霉、霉气、触霉头……都不是好词眼，所以人们用"梅"字刻意回避它。朋友圈晒出一张照片，问：认得是何物？当然认得，上些年纪的农村人谁不认得？那是酱黄糕，做酱的原料。

小时候是家家做酱的，就像北方人做豆豉。酿制方法大同小异，只是原料不同，后者是用黑豆和黄豆，前者则是用麦面。母亲喜欢在酱缸里放一点黄豆，但它在本质上还是酱。

做酱的麦面比做面条的糙，麸皮筛得不净。这当然是刻意而为，恰恰是麸皮，成就了酱的品质。

母亲在揉面，两三个大面团。我纳闷：怎么吃得完呢？是哪家亲戚上门？又不像。母亲揉揉，揿揿，擀擀，捏捏，弄成方方的条状，下锅淖熟，捞出来，一条条排在竹匾里。我偷吃过一条，味道寡淡，中间白生生的不透熟，实在难于下咽。吃啊！母亲知道我在偷吃而不及时阻拦，给我的馋嘴一个嘲讽。

两三天后，母亲揭开盖在竹匾上的纱布，眼前的东西令我发怵。满匾子的菌丝，白花花、毛茸茸一层。母亲却很兴奋，说发得好。趁着艳阳天，将竹匾连发霉的面条同抬到院场曝晒。一天，两天，菌丝不见了，只有面条四周点点青黑，夜里不收进屋，任由露水打湿，阳光露水交替折腾，面条干裂，慢慢变成黄色。

我家有两只浅浅的敞口缸，母亲说就叫酱缸。平时不知放在哪个角落。母亲将其里里外外清洗干净，暴晒一天。这就到了化水的时候。须得凉白开，生水不可。

酱黄糕泡在水里，酱缸摆在院场最空旷处，父亲特意做了木架子，恰好将两口缸坐在框里。日复一日，硬硬的酱黄糕渐渐化开，与水融为一体成糊状，色泽由黄渐变成紫黑，接近黑色。

母亲说没有九九八十一个太阳，酱做不成，尤其是"伏里"的太阳一个都不能少。毒日头下，鸡趴在树林子里不动，鸭子躲到树荫下河面打盹，狗狗在弄堂里吐着舌头……热浪送来酱香，敞开的酱缸，插着一双筷子，每天翻搅一回。表面慢条斯理冒出半爿黏稠的小气泡，渐渐鼓起，大半天不破。盖一层薄薄的纱布，防止蚊虫苍蝇闻香跌落而污染。可依然有虫子跌落，它们沿着外壁爬到缸沿，撑开虚掩的纱布钻进去。甚至钻进了一只很大的蛾，翅膀扇动，落下星星点点磷粉。真是幺蛾子！

有一段时间，农田间支起大号敞口酱缸。缸里黑色胶状液体，混合糖醋酱的香气，浓烈得让人头晕。缸里跌满了夜蛾、螟蛾、蝼蛄、叶蝉、飞虱等害虫。只要它想下到缸里吃，腿、脚、翅膀某个部位就被粘住，愈挣扎愈惨，整个身子不得动弹。每次吃到酱，闻到酱香味，我都会产生奇怪的联想。

白净的面粉变成紫黑色的面酱，要穿越一个夏季。我一直以为酱是被阳光晒黑的，就像非洲黑人。不过仔细一想，石灰刷的外墙也是白色的，为什么晒不黑？母亲将酱缸端回家，拔起筷子，黏黏的糊状物拉起很长的丝。这是生酱，还不能吃。

那时节，满屋弥漫着酱香，整个村庄浸在酱香里。

　　酱要在饭镬子里炖过，才能端上餐桌。不过它是不能大口吃的，那味道太过热烈，稍有不慎就会躺了嗓子。筷头蘸一点，轻轻抿，轻轻咂。酱黄豆咸而鲜，吃着过瘾。我喜欢把酱调在白粥白饭里，不知其他过来人有无同感。

　　做好的酱留一缸原味的，另一缸做芝麻辣酱。

　　苏南饮食清淡，吃辣的人家很少，种辣椒更少。好端端的东西，都被辣椒抢了味，啥口味？又不是"江北人"！这是对所有外地习俗的评价。村上有一光棍讨了外地媳妇，这女人从老家带来尖椒种，喜欢吃泡椒，吃生辣椒，村人惊为异类。苦了这家人，遇到她烧饭，每个菜里必有辣，连放的屁也辣蓬蓬的。公婆受不了，男人逐渐被改造，儿子天生吃辣，人家说"江北种"，有种出种。

　　外地人吃辣源自地域食性。母亲喜欢辣，来自外公家后天熏陶，包括种辣椒，只是没那么张扬。辣椒炒咸菜，咸菜多辣椒少；青椒炒毛豆子，青椒里夹一两根辣椒；红烧鱼，剪半只红椒，调味去腥……自制芝麻辣酱是她的土发明，在村上没第二家。芝麻亲手种亲手收，辣椒亲手栽亲手摘。她曾向那家要来朝天椒留种，毫无悬念，其辣度不在同一档位上，母亲受不了，全家人受不了。舌头、口腔、喉咙一路辣过去，痛感剧烈，肚子里火辣辣发热，额头上汗珠子滋滋冒。

　　有人说辣就是一种痛感，辣度分十级。我家土辣椒几级，朝天椒属于几级？据说世界上印度辣椒最辣，一个辣椒能辣死两头牛。

　　如今家里还种辣椒，母亲却不吃辣，也不做酱了。

芒　种

　　田野短暂地裸露出底色，一格格整齐的田畴，钉满麦茬子，密密的、硬硬的、长长短短，满眼尽是枯黄。

　　大麦、小麦、元麦都收割脱粒，被风飏净，麦子摊在仓库场暴晒，热辣辣的日头炙烤着大地，地面滚烫，低空中若有若无的丝丝热气蒸腾上升，麦子多余的水分被迅速逼干，饱胀的麦粒收紧了，铁锹翻铲都觉得滑溜。砍好的麦柴叠放有序，根部一律向外，不是那种胡乱堆放的柴垛。当地人把它叫做柴庐，状似蒙古包，分两个部分，顶部圆锥状，一层层稻草苫螺旋往上至顶部，底下一人多高呈倒圆台状。滑溜的麦柴越摞越高，随时有坍塌的危险，没点功夫的人是不敢贸然叠麦柴庐的。没有任何工具，但凭一双巧手、眼光、膝下的虚实感知，就能把麦柴叠放的整齐、结实、匀称，既能让它随着高度增加缓缓放大，给人一种美感；又能让它减少雨淋，更具实用性，能做到的人也真的堪称是能工巧匠了。

蓬松干脆的麦壳堆在场角，日晒雨淋让它们变得日渐沉实，底下因吸水而腐烂，泅出黄色的污水。比起已经入库的麦子，即将移栽的稻秧，它们最不值钱，队里忙完才搭理它们。翻出来晒干，装上木船运到附近小窑，换几个小钱。必须为耕牛留一点，日暮后堆在牛棚上风口，烧一堆驱蚊烟，让耕牛睡个安稳。就连寻食的鸡都不去搭理这些麦壳，它们只顾着满场转悠，啄食砖缝里遗落的麦粒。那么大的群体在一起觅食的机会并不多，或许鸡与鸡之间也在借此玩耍嬉戏、往来交际。

仓库场是制高点，站在场角眺望，浑黄一片中嵌着几方新绿，那是稻秧地。稻秧不过一拃长，很纤弱，还不到移栽秧龄。秧地这里一块，那里一格，貌似随意，其实都是精心算计过的，来日就近移栽，节省运输工本。落谷错开时日，恰好在秧龄最佳那几日移栽，不早不晚，最多相差三两日。

这是收获与播种间的空档，不过地歇人不歇，全村男女无一例外都在割草积肥。前几日还绿茸茸的田埂变得光溜溜的，宅前村后地上干干净净，河滩、荒坟、沟渠，凡是人能涉足的地方，都有握着镰刀背着草篓的身影。队里开了两条农船去尚湖，过船闸，停泊在人工河边。干湖造田后，原来的湖岸还在，湖底变成一块块粮田，划给各个大队种植。湖不在了，人们习惯上还叫湖。这里离村落远，人迹罕至，杂草丰茂。你能想到去尚湖割草，别人也能想到。几十成百的农船拥到尚湖扫荡，草再多也不过蜂拥的人流，为了抢资源，割草人之间难免摩擦，还是要划定地界。

母亲把第一篓草随便倒在一处场角，几步开外竖几块断砖，圈出一块地盘作为我家临时堆放场。表示界限的物件随意而多样：竹扫帚、破篮子、破镰刀、一棵带刺的野苋菜，或者用红砖画一个线痕歪歪扭扭的圈。母亲回头看了一眼，在脑子里留下定位，如果倒错了地方，小一晌辛苦白吃，还难免与人龃龉。做体力的村妇只忍耐劳苦，一把草、一句话、一个眼神都能脸红脖子粗。

男男女女背着草篓，或许胸口还抱一把草，从四面八方聚集到砖场，倏尔隐没在田野。场上草堆迅速增高长大，这家那家相互较劲、你追我赶，愈发拉开差距。割草是童子功，技术含量不高，劳力少、手脚慢，或不怎么勤快的人家，草堆明显小。母亲不只关心自己，很留意人家的草堆，堆子小了，一脸不悦，干得更舍力，同时鞭挞我们爷俩。

母亲不会投机取巧，远不如他人消息灵通。譬如说，这次称分量，有人专挑水草，草根带着大块泥巴；明天换一种计量方式，用箩筐量堆作，有人专挑茅柴、茭白叶、蒿草之类蓬松植物。母亲对此嗤之以鼻，茅柴哪来肥力？水草没肥力还会害庄稼，而且夹带泥巴心太黑了。队长心知肚明，对投机取巧的毫不留情打折。那些人也只能悄悄嘀咕几句，否则面子过不去，他们也自知理亏，所以不敢吵闹。

老祖宗传下规矩，耕作层每季都要翻耕一次。最初是老牛拖着单犁，吭哧吭哧，慢悠悠慢悠悠。赤膊的老汉扶着犁

耙，一边吆喝，一边用竹梢轻轻抽打牛屁股。犁前一垄黑土
往右翻转，以犁沟为界，枯黄与新土在色彩上形成了决然的
对比。白鹭、灰椋鸟、黑喜鹊，还有几只不知名的小鸟跟在
身后，忽而凌空腾起，忽而落地奔突，啄食暴露在日光下还
来不及藏匿的蚯蚓、蝼蛄、蛾蛹，还有自投罗网的黑壳虫、
水鱼……偶尔还有泥鳅、黄鳝，它们早该结束冬眠，却被困
在硬实的泥土下，糊里糊涂地被锋利的铁犁割伤，只能扭动
着带血的身子，给鹭鸟们当美餐。后来，手扶拖拉机拉着双
犁，突突突吐着黑烟，铁牛的力气比水牛大得多，一趟子两
垄，还跑得快，鸟们似乎不太喜欢紧跟，可能是受不了噪声
和黑烟。不过铁牛的能力也有限，边边角角需要人工善后，
俗称垩田角。

　　田地裸露黑色的脊骨，在毒日头下暴晒几日，表面发白，
内里发酥，黏性大大降低。

　　大大小小泵站开足马力昼夜不息，把河水送到灌溉渠，
再由总渠逐级分流，进入农田。队里有专职管水员，协调管
理沟渠中大小闸门，主闸门配有专职工具：一把放大的梅花
扳。梅花扳专司闸门升降，乡间唤它闸门钥匙。管水员左手
提一把闸门钥匙，右肩扛一把铁锹，这里掘几锹，那里填几
锹，根据收种先后及田地高低，决定先给哪块地上水，拉开
哪块闸引水入哪条渠。上水是一项顶大的工程，讲究策略。
水从田埂上的缺口流入，在泥垄间蜿蜒漫溢，晒干的土嗤嗤
吸着水，经常这一头已经是一片汪洋，那一头还是干土，一
畦一到两亩的地上足水得一夜。管水员提着队里配备的桅灯，

条件好些的配三节电池的手电筒，整夜守在田头，听声音判断哪里漏水，及时补漏。各村的管水员之间还要相互防备，因为当时村与村之间田邻田沟连沟，他们害怕拥有同样工具的同行偷偷地关自己的闸，把水引到他管辖的粮田去。

旱地成了水田，钻入鼻腔的空气也湿润了。夜色中，一块地被白色和黑色分割出一道道风景。

困在泥土中的青蛙最先感知到了环境的变化，它们白天蛰伏，一到晚上就再也按捺不住了。雨蛙算不得歌唱家，无论音色与叫声怎么变化，它们的语言永远是那两种：嘎嘎，或咕咕。仔细聆听，像是有一半只会"嘎"，另一半只会"咕"。我无端认为，这两种单调的声音分别来自不同性别，两种声音力量相当，说明在雨蛙的世界中，保持着微妙的性别平衡。"嘎嘎嘎……"不是连续的，每一声大概音值半秒，停顿半秒，接着下一声。"咕咕咕……"的节奏完全一致，劳逸相替。令人惊讶的是，这两种声音互相填补了彼此空白，它们都躲在自以为安全的角落，没有谁挥舞指挥棒，像轮唱一样，绝不乱套。可能有谁一开始跟不上节奏，不过几声过去，还是能对上点位。忽而是"嘎咕嘎咕"，忽而变成"咕嘎咕嘎"，它们的轮唱不分主次，不知是在求偶，还是娱乐，还是像婴儿一样把啼哭当成运动？只听"嗖"的一声，紧接着扑通扑通，雨蛙有力的双腿连续起跳，歌声突然中断，短暂的静默传递到远方。是就近找到心仪的伴侣，是被突然觅食的水蛇受到惊吓，还是渐近的脚步声让它感到潜在的危险？不一会儿，歌声又起，恢复到早先的节奏。这次中间夹带着几声"呱呱呱呱""蝈蝈蝈蝈""吭吭吭吭",声音明显高亢洪亮。是青蛙的叫声,音量比雨蛙大得多。

　　青蛙是这群小不点的首领,它们通常独霸一方,同一条田埂上很难碰到两只青蛙。它不屑于雨蛙无休止的聒噪,也没有兴致加入雨蛙们的合唱,它只是偶尔叫几声提醒自己的存在,圆鼓鼓的肚子像大功率扩音器,震得水面漾起涟漪,就近的雨蛙立马噤声,过一阵,才小心翼翼恢复中断的合唱。正是那难得的几声,让它被觊觎者发现了行踪。电筒光晃过去,光束刺目,青蛙不动声色蹲在原地,从渐近的脚步觉察到危险的临近,一个三级跳试图逃跑。这么大的动静更把它的行踪暴露殆尽,一览无遗的裸地无法为它提供庇护,狠毒的鱼叉追赶着它,它藏身在水面下自以为安全,最终还是免不了被擒获的命运。

　　很多时候,青蛙是猎人的意外收获。那几日,母亲每每鼓励父亲和我出去"照黄鳝",以改善伙食。黄鳝上不了酒席,乡下人从来不会花钱买。只有街上居民会在应季时偶尔买一碗,消费也不高,它不值钱,尚不如猪肉价。《舌尖上的中国》介绍湖南山区办酒席,有一种菜无须准备,本家带亲友几个人去稻田,随手捉几十斤黄鳝,好像寄放在那里一样。这个情节不可信,黄鳝昼伏夜出,晚上才出来觅食,白天躲在洞里,哪有这么傻的黄鳝。

　　最好是暗星夜。爷俩穿着破胶鞋,万万不敢赤足,田埂上,草丛中毒蛇隐伏。手电筒里的两节新电池抵得上一斤黄鳝的价钱,最多用两个晚上。田里的水薄薄的,淀得很清,视线很好。我和父亲弓着腰，一前一后，蹑手蹑脚，父亲总是先于我发现猎物。黄鳝直直地躺在水底，一动不动静候它的猎物，而一旦触碰到它，它会拼命地逃跑，灵活而迅捷地钻入洞穴。它进退自如，频频摆动细长的尾巴，异常灵敏，找到逃生入口，也能倒着滑入洞穴。父亲把中间三个手指组成钳状穿过水面，慢慢接近猎物，迅猛抓起，不待黄鳝滑腻的身子在他手中挣脱，就将它扔进了铅桶。黄鳝在桶里上蹿下跳，撞得水花翻飞。我手里还带着用毛竹片做成的夹子，父亲一般不用工具，怕伤到黄鳝，养不多时。不过除非沟渠里水太深，或者个头大，或者靠近洞口，徒手捕捉把握不大。运气好的时候，一个黄昏能"照"到五六斤，脚盆里养着，够吃好几天。

母亲口味重，不大会烧菜，总是烧得很咸很烂。但红烧鳝筒要的就是入味，剥一把蒜瓣去腥，蒜瓣焐得酥烂，汲取了鳝的鲜味，味道不输黄鳝。我渴望的荤是猪肉，筷子搛起一大块肥肉送到口中，唇齿留香，一口咬下去，肥腻的油脂从嘴角渗出，这种感觉做梦都笑醒。鳝不是大荤，远无猪肉过瘾，但毕竟比蔬菜鲜美。龇牙咧嘴的鳝头是父亲的专利，细尾和内脏给鸡鸭，奇怪的是狗不吃鳝骨，所以骨头只能喂猪。母亲说鳝与狗是前世的亲戚，可是陆地上的狗怎么攀上水里的亲戚呢，岸上人与网船上的渔民尚且不相往来的。

男劳力"发担"，女劳力"开河泥"，或者在秧板上拔草。发担，这个词对农活的表述简洁而精准，就是把灰潭中的基肥挑运到田里。四个男人各占一方，装担，上肩，上田埂，下水田，倒担，回转……排着队，动作划一，一坨坨肥料散布田里。女人和孩子，用手把肥料撕开，均匀撒开。换上刀片的手扶拖拉机在水田绕着圈，屁股后留下一行行泥垄。

同是插秧，梯田里的南方人往前走，江南人往后退，是怕踩坏秧苗。从一端看去，一个个低垂的头颅；另一端望去，都是撅起的屁股；侧面看，人们弓着身子，一字排开，由于速度参差，起先整齐的"一"字逐渐歪歪扭扭，身后汪洋一片，身前整齐的点点新绿。这单调累人的农活也能变成艺术，每隔一棒为一垄，等距离经着秧绳，一个庄稼好手，能把秧插得笔直，横平竖直，株距行距均匀，每棵大小一致。

母亲每天凌晨三点起床，踩着星光拔秧，白天插秧，八点多收工。她饭量超好，如此高强度的劳动没刮去身上一点膘，只是脸色更黑，一口牙更白了。

孩子助一把，谓之"笃板凳"，意为大人借此喘口气，稍事歇息。母亲干活不马虎，本来手脚就不快，总是落在别人后面，拔秧、插秧总拉着我，我自然不乐意，还埋怨她手脚慢。她恼羞成怒，训斥我，但不敢动手，担心我发倔走人，然后好言安慰，作种种承诺，过年做一身新衣服是她最惯用也是最有效的许诺。

母亲把身体弯成一张弓，两脚交替后退，左手持秧把，右手中指食指插秧，梭子一般来回织，织出一片绿。母亲说，做一种农活换一种骨头。不同的农活，肌体受力及发力方式是不同的，挑担考验腿腰肩的承重能力，插秧考验臂力，手的灵巧，腰部的韧劲。女人比男人可怜，挑秧、耘田、拔秧、插秧，腰最受不了。连续几个小时弯腰，两手悬空插秧速度快，母亲做不到，肘子撑在膝盖上，速度明显慢。她教我插秧，两腿分开定位，把田垄均分三部分，一对两穴，一行插六穴苗，我觉得插秧是农活中最难的，许多男孩直到长大都没学会。

"手把青秧插满田，低头便见水中天。六根清净方为道，退步原来是向前。"这首《插秧诗》为南北朝著名的布袋和尚所作，以插秧隐喻修道。插秧就是播种，就是劳动，哪有这等禅意？诗人、散文家把插秧写得很美好，他肯定不是农民，没干过农活。头顶着毒日，早晚蚊虫叮咬，水蛭、蚂蟥附在腿上吸血，腰酸腿疼，从田里上来直不起腰，迈不开步。入梅早的话，天天在雨中出没，一身泥，一身水，一身汗，都不像人样了。当然，雨天有利于秧苗成活。晴天太热，最佳天气是阴天，没有毒日头，没有雨水，还有徐徐凉风。唉，又不是父母做的天，这季节，哪里能有这等便宜事？

夏　至

夏至这天，母亲摘到了第一顿丝瓜。丝瓜种在茅房墙脚，没搭建像样的丝瓜架，藤头窜过细竹搭的三脚架，顺着墙爬上茅屋顶。瓜藤太密结不住瓜，有两根瓜藤用草绳引到楝树上，任其攀缘，不占地面，就是采摘费劲，藏在枝枝杈杈间不易寻找。

这一阵天天蒸茄子、红烧葫芦，吃厌了。

前一阵子，家里一只才学会打鸣的小公鸡被野物咬死了，母亲捡回家，用井水浸去血水，煮了一锅鸡汤。母亲在鸡汤里加了一条葫芦，满以为因祸得福开一次荤，谁知道那是一条苦葫芦。葫芦苦，汤苦，连鸡块也苦，苦得无法入口。已经盛上饭，就等着这一锅鸡肉炖葫芦汤，父亲责怪母亲，刨去皮该舔一下，好端端的一锅菜糟蹋了。母亲嗫嚅着，同一根藤上摘过五六条了，谁知道这条葫芦发了什么神经。在一家人怒气冲冲的责备声中，母亲默默地连汤带菜舀到脸盆里，夹出鸡块，以汤罐水清洗过两遍，重新入锅红烧。还突击弄了一盆凉拌黄瓜。红烧鸡块鲜味殆尽，依然有苦味，不过能入口。一顿本来因祸得福的午饭吃得沉闷，我勉强吃了一块鸡，母亲吃得最多，以此表示尚可食，不至于全部扔了，其实舍不得浪费。苦葫芦是有毒的！母亲最先被毒素击倒，跑着上茅房，刚坐下，捂着肚子又往茅房跑，猫着腰，脸色苍白，她说那种绞痛比生孩子还厉害。弟弟贪嘴，比母亲发作稍晚，跟母亲抢茅坑，实在忍不住，就在竹园撅起屁股拉，他形容自己拉得站不起身。我以为他说腿脚无力，实际意思是刚刚提起裤子又要拉了。我和父亲吃得少，肠胃咕噜咕噜叫了一阵，终无大碍。苦葫芦里有植物毒素碱糖甙，可那时有谁懂？一旦摄入过量的话，要死人的。母亲和弟弟强撑下来，乏力数日，还不能碰肚皮。此后，葫芦不受待见，从我家菜园中剔除了。

四五条丝瓜，一把捏在手中，还没长足呢。母亲说，长足了就轮不到自家吃了。正窝火着呢，两条最大的丝瓜，母亲舍不得摘，本想留种的，驻根瓜留种最好，早起发现被拽走了，瓜柄上滴着青汁。

长在秧板上叫秧，移栽后变成了稻。追过肥的稻秧上力了，由黄绿转为浓浓的青绿，蓬蓬勃勃。细看，田脚贫瘠的地块，或者追肥不均的地方，色差明显，灰潭基上的稻秧最壮实，原模原样正方一块。第二次追肥，有所倚重，都是一个娘的孩子，贫弱的稻秧需要沐浴更多关爱。

终于可以喘一口气了！队里决定休息一天，去宝岩看杨梅。

宝岩在虞山南麓西段，背靠虞山，南对尚湖，山尾巴下人工开挖的望虞河直通长江。看杨梅是妇人的专利，男人很少参与。不知是因为那天队长心情好，还是队长老婆吹了枕头风，或者哪位搭得够的女人提议，队里派了机帆船接送，有心无力的老妇得以便利，屁孩子也可以跟着去。五吨的水泥敞口船，甲板船船舱容不了多少人，后边拖一条木船，速度慢一些，坐船宽舒也安全了许多。倘若农船不空，挂桨机坏了，驾驶员不愿……甚或不需要理由，前日定了的事过一夜变黄了，只能靠两个脚板。来回二十里，一大半人被吓退了。农妇脚力好，走路比干活省力。去宝岩有三条路：尚湖西岸一般不走，看似近，拐弯抹角多。望虞河东岸，岸堤相当于主干道，路好走却远。穿村走小道，过张墓桥、洩水、湖桥，什么村什么巷，谁嫁到这里，谁娘家在那里，一处一处数过去，同伴说说笑笑，不觉得怎么远。

杨梅园里观光，顺带买几斤杨梅，买几只水蜜桃，让家人一年里有个解馋的机会，回家路上，母亲一定拐到望虞河边摆渡，给对岸的外公外婆尝尝，这水果娇气，隔一晚保不准烂了。

女人们还有一项重要任务，烧香。宝岩寺在杨梅园深处，远无北坡的兴福寺，山顶的藏海寺有名，甚至还不如白鸽峰上的小云栖寺，平日里香客稀少，得益于地理位置，眼下香火兴旺。宝岩寺烧香，叫烧莳香。莳，即莳秧，就是插秧，莳秧当口叫莳里，每年夏至即6月21日入莳，头莳7日，二莳5日，三莳3日，实际上插秧时间比节令有所提前。寺庙外卖香的都是当地老头老太，一绺黄色细香，两端和中间用小指宽的红纸粘扎，两支芦芯短红烛，不在乎多少，尽到心就是。母亲说，烧香是修行，做个好人也是修行，村上有些女人，蛮横欺弱，她们的香白烧了。

有一回，母亲跟姐妹几个约定一早出发，基本没逗留，轮流挑着两担杨梅和水蜜桃，一路卖回家。贩杨梅的？不错，宝岩本地人坐等顾客，哪有时间外出兜售？离产地越远越值钱，卖价翻个跟斗依然有买家，赚的是脚力钱，辛苦钱，还有放下的架子，因为大部分人不愿当贩子，一见熟人便难为情。母亲和我三个阿姨每人分到一元多利润，每家落了些杨梅桃子，品相差一些，味道完全一样。

新菜油轧出来了，油菜籽起场已一个多月，蒋巷油车坊外，河埠头天天排满打油的农船，高强度作业的老机器还不时出毛病，所以船明显稀少，过午就回来了。队里收的油菜籽首先确保公粮上交，其次为来年留种，剩下的先测算，一共打多少斤菜油，平均分摊到每人，一般每人三到四斤，收成好的时候达到五斤，差的时候两斤左右。家家都把储油的坛坛罐罐送到船上，贴上名字，去皮重算净重。我家四口，每人3斤7两，一共14斤8两。母亲对家里的容器了如指掌，油甏齐肩正好10斤，油罐到罐嘴根，不多不少4斤8两。母亲闹着，至少少了二两油！人家不信，分油人一脸讥讽，母亲执意重新过秤，果然少了。所有人家都怀疑短斤缺两，闹纷纷的。事实证明，去打油的几个鬼鬼祟祟在暗仓藏了一大髦菜油准备私分，廿多斤呢，心真黑。

圩岸上的毛豆长出了三片叶，圩岸这名叫得有点大，其实跟江海不沾边。松软的小田埂很容易被踩坏或被拖拉机压坍，插完秧捧，把烂泥敷于两侧修补田埂，借机在圩岸上播种大豆，出苗率近乎百分百，无需浇水施肥，蓬蓬勃勃，坐待收获。

稻在地里长，离收获还远，进入农闲。农闲人不闲，庄稼人总有干不完的活，把劳动唤作做生活，母亲以文盲级语言解释，活是生出来的，是地里生出来的，也是他们自找的，忙碌惯了的人突然闲下来，浑身骨头不舒坦。

搓草绳的原料是隔年的稻草，糯米软糯，柴禾质地也柔软，晒干透，不致受潮发霉而影响韧劲，贮藏在小屋，免得误做了燃料。煞去柴壳的柴禾白白净净，捆扎成一大把，按在鼓墩上，用木槌捶打。青石鼓墩是老屋的柱基，木槌大而沉，每家都有这套工具。这个过程叫跕软草，跕有多个读音多个意思，吴方言中表示捶打、敲打。跕软草需两人合作，父亲举锤，我盘柴草，把着柴扎翻动，使柴草受力均匀，噗噗噗噗，木槌落在柴草上的声音沉闷而虚忽，父亲高高举起轻轻落下，他说用力过猛会把柴草打烂了，跕软草是慢活，性急不得。

草绳绝对是庄稼人的一大发明，脆弱的柴草，经过捶打变得柔韧，双手合掌用力搓捻，两股柴向同一方向拧转，合在一起，借助反弹力瞬间把两股柴绞在一起，变成一根紧实的绳子，大大增加了柴草的牢固程度。手工搓绳只有两股，纹路粗糙。借助编织工具可以编织三股、四股、八股甚至几十股的绳子，当然材料不是柴草了，最典型的是斜拉索桥和悬拉索桥上的拉索，股数越多强度越高。不过手工搓绳，也称得上是拉索的鼻祖了。

　　所有农活都是看会的，看父母怎么做，拇指上方一长一短两股柴草，晃着旋着，在他们掌中搓搓捻捻，掌根下出来变成绳子，不断延伸，两个手一边搓动一边往上捋，直到手够不着，回手把横坐在屁股底下的绳子往后一送，地上绳子一圈圈盘积，不亚于变魔术。我学搓绳纯粹是游戏，躲着父母偷偷搓，一样的材料，一样的手法，到我手里产品很丑，甚至羞于叫绳子。父亲有意识对我言传身教，搓绳变成任务，那就不好玩了。看似简单，搓好却难，松紧粗细全凭灵巧的手感，十二三岁的我，只有蛮力，缺乏巧劲，不多久手掌发红起泡。父亲说，只怪你没长老茧。老茧是劳动精神的象征，拥有一双长满老茧的粗糙的大手是值得骄傲的，相反，白白嫩嫩的"先生手"毫无美感可言。我的手磨破结痂，又磨破又结皮，从指肚到手掌有点硬，骄傲地伸出手让母亲摸。搓绳技术在摸索中长进，我知道两股绳要交错着添柴，错开接头能增加韧性。绳子比以前结实，粗细均匀了许多。父亲不以尺丈量，两臂伸开，从左手指尖到右手指尖间的长度为一庹，一百庹为一捆，我的作品滥竽充数夹在他搓的绳子中，挑到窑厂换现钱，一个黄昏两人能挣三毛钱。等窑厂不收绳子了，自家打草帘草苫，绳子用量也很大。

母亲难得参与搓绳，这不是她强项，她还有男人不可替代的针线活：纳鞋底、做鞋面、缝缝补补。逮个无法出工的雨天，母亲翻出一大堆旧破衣裤，一沓大大小小的鞋底纸样，比比画画，层层叠叠，中间夹一层上过浆糊的蒲包片塑型，底层是全新的白布作鞋底门面，纳完，照鞋样剪裁，然后扎鞋底。扎鞋底的材料是面纱线，又叫鞋底线，穿在大号引线针上，母亲中指套顶针顶着引线屁股，针头穿过一层层布，拔起针，收紧纱线，反方戳过去……针又细又滑，使不上劲儿，专用的针拔子拿起放下麻烦，母亲仗着牙齿好，嘎嘣，一声轻微的闷响，吐出半截引线头，看着鞋底发呆。是不是很危险？母亲说自己不傻，不至于把半截钢针吃下去。

一盏15瓦的白炽灯放得很低，昏黄的灯影里，三人各自忙乎，哗嚓哗嚓哗嚓，父亲的声音与我不一样，节奏也明显快。母亲抽动着纱线，吱溜吱溜，纱线越来越短，鞋底钉满整齐密实的线脚。

六月初三，五姨家"受夏雨"，日子很早就约定了。八九点，父母带着我和弟弟，摆渡过望虞河，到外婆家集合。五姨是春节出嫁的，所谓行了春风有夏雨，按风俗，姨父家应该在夏至后择日招待新媳妇娘家亲戚，并准备若干新篮子，装上毛巾、芭蕉扇、烤果等回头货。烤果是一种面食，擀薄的面皮剪开，穿成麻花状，入油锅榨至金黄。这些活谁都会弄，可我们是新亲戚，是尊贵的客人，理所当然不动手。摇着蒲扇，嗑着瓜子，品尝新出锅的烤果，不忘品论几句。姨父的家人里外忙碌，赔着笑脸，身上衣服拧得出水。五姨陪着一帮女人说话，父亲和男人们凑在一起喝茶抽烟，孩子们跑进跑出，这里看看那里摸摸，吵饿了东吃西吃。

吃完晚饭，日头还早，千年难得的早，一路上，父亲戏言：这么早回去困觉，恐怕跌床肚子里。回到家，母亲换下小碎花纺绸短袖，脱去凉鞋，去自留地浇水。带回的十六只烤果，母亲差我送四只给同村的姑妈家，剩下的平均分配。

对方是授，这边是受，一个大活人嫁过去，花费一点钱天经地义，置办得越丰盛，娘家人越有面子。谁去想五姨父还有两个成年而未成家的弟弟，大人办事，一部分费用将转嫁五姨小两口，本不富裕的日子变得更紧巴了。香脆的烤果放在尼龙袋子里，慢慢享用。母亲吃着烤果，突然唉声叹气，为五姨的生活担忧。外婆育有两儿五女，我母亲是老大，姐妹五个所嫁无一例外穷人家，门当户对么！

湿漉漉的季节，窗户上糊了一层水汽，砖地湿漉漉的，衣服、被褥湿漉漉的，连心情都湿漉漉的。

小　暑

　　这个星期六，女儿带着她女儿从城里回乡下。按本地"两头蹲"风俗，这也是她们家，可外孙女似乎并不这样理解，她从懂事起一直视城里的家为家，罗墩奶奶家称老家，这里简称街上。熟悉的汽车喇叭声从大路拐进来，尔后是车门声，孩子的嚷嚷声，小家伙一见到我，叫着"好亲公抱抱"，张开双臂扑过来，一脸顽皮。进门时，她头上发卡被纱门拉链一带，掉落地上，发卡上装饰的塑料花脱落了。她有点发蒙，等明白过来脸色大变，哭鼻子分分秒秒间。我赶忙抚慰，允诺马上找皮匠摊粘上，买几个更漂亮的发卡以示补偿。

　　一路从小区出去，路边种满蔬菜作物。跟她指认，这是玉米，这是丝瓜，这是豇豆，这是南瓜，这是葫芦，这是芋头，这是辣椒……她大致认识，香瓜和生瓜把她难住了，瓜还小，瓜蔓相像，连她妈都搞不清。

一个没有物业的开放小区，二十年了，居委会曾统一栽种桂花、含笑、紫薇、棕榈、冬青、盘槐，铺上草皮，每家屋前屋后一个格局，没有一块裸地。搬来那会儿，邻居们严格遵循着居委会的规划，自觉维护陌生的生活环境，几户在大门两边砌了对称的花坛，把花木护在里边，空档栽些山茶、月季、玫瑰，院子里养几盆花草，迎春花伸出围墙栅栏，凌霄花爬上围墙，紫藤悬在架子上，终年姹紫嫣红、芬芳馥郁。亲戚上门，第一句话夸赞小区漂亮，跟乡下新农村大不一样。我听着舒坦。

好景不长，草皮斑秃日渐枯萎，有一家索性刨了草皮播了一块青菜，种了几棵丝瓜，把丝瓜藤引到院墙栅栏，拉几根扎线拖蔓。晚炊时分，女人撅着屁股剪小青菜，跟女邻居聊着无公害、方便，形容它们新鲜如带着血，言语中满是自豪。女邻居也动心了，找块空地撒上菜籽。种菜风气很快蔓延开来，有几家干脆垦去草皮，挖出冬青树，从乡下带来铁耙、锄头、镰刀、粪勺等全套农具，很快，屋前屋后未被硬化的土地变成了菜园，品种由单一的青菜变成四季轮回的各色蔬果，凡是菜市场能买到的这里都有。可是收过几次之后，土壤贫瘠，蔬菜老而瘦，口感差之甚远。她们互相交流种植经验，买来化肥，掀开化粪池盖子浇肥，孑孓孳生，蚊蝇乱舞，亲戚再次上门很惊异：这里的蚊蝇怎么比乡下还多？更有不识相的，在吃晚饭的当口，浇施黄豆、米泔水、菜饼等沤肥，奇臭无比，三日不绝。花花草草属于大众，不为哪家所有，不可带来实在的利益，而蔬菜，一点点的功利元素，让一个小区一下子降低了品位。

外孙女如愿买得几对不同款式的发卡，回程不再闹着"抱抱"，进入小区时掩鼻而逃，说太臭了。我也感觉到了，长期患有鼻炎的鼻子尚且能闻到明显的臭味，可见味之不堪。恰好是南风，被日头蒸腾的地表，挟裹着腐臭，熏得头晕。我问，什么臭？她说，狗屎臭。她拇指按在鼻翼，夸张地扇动着，作势要把臭味赶走。这户后窗紧闭，这个风向，异臭几乎影响不到他家。转念一想，都是抬头不见低头见的邻里，怎么好意思说呢，彼此都忍着，遭殃的非我一家，谁愿意做出头椽子。

外孙女牵着我的手，一路狂奔回家，臭味早扔在身后了，一张口还有隐隐的腐臭，鼻腔对气味是有记忆的，得借助其他气味去掩盖。这一乱，把煮玉米忘了。出去那会儿，外孙女说喜欢吃玉米，还说喜欢嫩玉米，老玉米咬不动。我全程跟她用方言交流，她开始还用普通话对答，说着说着被我带进方言。现在很多孩子居然不会说方言，能听懂愣是不愿说，这不是好事。怕孩子落伍？从学话开始，父母有意识培养说普通话，连爷爷奶奶都操着洋泾浜赶时髦。偶闻一帮带孩子的半老太闲聊，话题总离不开她们的第三代，有一个胖老太说自己孙子如何聪明伶俐，她的叙述语言是方言，以一口很别扭的姑且能称之为普通话的语言还原祖孙对话，在同伴的佩服声中，她说得愈发起劲，跟在后边的我却时时为她捏把汗。让孩子学会地道的方言，交流毫无障碍，我毫不担心她将来不会说普通话。我承诺回来煮玉米她吃，结果被臭味搅忘了。直到她回城里，居然只字未提，似乎随口说说而已。

对外孙女而言，口腹之欲中口占主导，与饿无关，嘴馋造就的习惯。她吃正餐吊儿郎当，先挑菜吃，一口饭菜含在嘴里，在凳子间摸爬跳，饭吃不了几口即说饱了。亲家母下厨随季节变换花样，玉米、红薯、蚕豆、南瓜、带毛芋头，等等，吊她胃口。孩子吃第一顿狼吞虎咽，第二顿慢条斯理，第三顿把碗推开，在一次次喜新厌旧的翻版中保持着旺盛的精力，和吃零食的习惯。曾听说，在欧美发达国家，蔬菜比荤菜贵，黑面包的价格是白面包的三倍，怎么可能呢？不几年，吃粗粮时髦了，冠以粗字的食粮比精加工的值钱，原生态、绿色被一帮刚刚富起来而无所适从的人炒作，不为好吃，是为健康，确切说为时尚。

菜市场北门处的水果店侵占了一侧人行道，门口那家更不像话，出摊还挡住了半个出口，剥下的玉米秆片胡乱扔在路上，色泽翠绿，樱子鲜红，想必玉米很嫩。这家的玉米煮出来，白白嫩嫩，颗粒整齐，口感很糯，两元一把挺便宜。男店主坐在小板凳上，脚架在马路牙子边，不是剥玉米秆就是削荸荠，女店主招呼路人，皱纹里都填满了笑意。我垂眼而过，对自私自利占道经营者心怀不满。

再次路过臭烘烘的玉米地，听两个女邻居在高声谈论，说这么几株玉米能有多少收获，菜市场便宜得很。她们毫无顾忌，似乎有意让本家听见，无关对方是否因此而收敛，透个不满而已。

一日，丈母娘带来了十几个玉米棒，绿稃壳包裹，看样子很嫩，几个樱子还没红透，剥开，玉米粒一掐一包浆汁，其中一个如瘌痢头，东一粒西一颗。我说怎么舍得，太浪费了！丈母娘说，老得不好吃才是浪费，可惜玄外孙女没回来。

弟媳发信息给我，得空回家拿玉米。这么嫩的玉米，我母亲一定舍不得掰下来的。她要等到樱子枯黄，玉米颗粒长足到能做种才舍得吃。年轻时的母亲仗着一口好牙，咔嚓咔嚓啃着老玉米，怕煮不烂，刨去表皮，捏在手里黏糊糊，啃到里边硬邦邦的。为了节省粮食，一锅玉米替代一顿晚饭。真难吃呀，都吃怕了，老玉米吃怕了，老南瓜吃怕了，红薯吃怕了，不信，让你天天吃辅粮，不见一粒米星子，你试试。

那时候，我家有块自留地，废弃的小窑扒平变成坡地，延伸到河边，习惯上还叫窑场。地里满是碎砖瓦砾，不宜种蔬菜，抛荒可惜，玉米、高粱、大豆好种易活，但需天天泼水抗旱。我天天站在河沿，找一个合适的站位，把长柄粪铲伸到河里舀水，转身泼洒到地里，隔壁低田有水的时候，劳动强度相对小一些，如果浇不透浇不足，次日马上卷叶。伤了叶或能醒过来，伤了根颗粒无收。一片玉米地，前几日还绿叶沙沙响，突然底部叶片发黄，快速向上蔓延，最终秆也枯萎了，正待灌浆的玉米棒胎死腹中，侍弄到这么大，多少心血白费了，只能捆回家当柴烧，或者任其烂在地里。

长居练塘小镇，我积累了一些酒友，大浪淘沙，直到五十岁基本固定下来，不再发展也不轻易淘汰，形成了几个相对独立又偶尔交叉的微信圈。一周聚两三次足够了，实际没那么正常有序，有时候连续一个星期无人招呼，有时天天有人吆喝，甚至几帮人同在组织。不见得跑片吧，依招呼先后取舍，不论场所，不论对象。不出去聚会的时候，吃晚饭小酒咪咪，一荤两素，三两土烧。独斟独饮挺无聊的，划拉手机听新闻，看朋友圈。突然跳出一条新闻："江南出梅延迟，入伏失败"，气象报告上说接下去有连续 19 个雨天。雨天有雨天的好，天气凉爽，总比大汗出小汗，一天到晚浑身黏耷耷的好受。哎呀，水稻要减产了！我忍不住"啧"了一声。妻说，你家又没种水稻，杞人忧天干嘛。我寻思，我骨子里还是一个农民，没有心忧天下的博大胸怀，至少对谷贱伤农有所触动。

天还没好好热过，空调没吹过，电扇都难得用。今年买了一台塔扇，如一截长满细格的柱子。放在床尾，声音小，不占地，送风温柔，睡觉用最合适。它没有转叶，外形与传统电扇相去甚远，丈母娘见了，不识何物。

老校长当任时，形容暑期生活"西瓜加短裤"，押韵且形象。如今瓜季拉长，西瓜不稀罕了，五月中旬大棚西瓜上市，一茬茬直到国庆节。刚上市那会儿老贵了，一斤四五元，五十元一个西瓜不怎么大，可它口感却忒好，不由得让人怀疑种植的方法。进入七月，安徽、山东露天西瓜蜂拥而至，就是我们小时候的味道，但吃刁了嘴，这种便宜西瓜不怎么受待见。八九月间，新疆西瓜来了，也有宁夏、青海来的，沙瓤，甜得纯真，外形似冬瓜，硕大无比，一家吃不了，商家愿意切开卖，二分之一、四分之一均可。

　　我们小时候，西瓜是绝对的奢侈品。父母从不上街买西瓜，只有生产队种两三亩，套种在麦田里，麦子收割完恰好拖蔓。露天西瓜成熟晚，吃到第一口西瓜，已接近暑假，至七月底瓜翻稻，前后不过一个月。晚饭前打上一盆井水，浸入西瓜，脚盆不够高，小半个西瓜露在水面上，只能一次次换水让西瓜自外而内降温。吃完晚饭，迫不及待开西瓜，刀尖刚碰到瓜皮，西瓜"啪"的一声裂开，说明熟透了。如果像切南瓜一样使力，那就惨了，父母形容它像"葫芦"，瓜子还是白的，只能怪自己运气不好。即便像葫芦，他们也舍不得扔，扔给羊吃吗？心有不甘。西瓜从不切成瓣，不舍得流失瓜汁，一切两半，两两合吃半个瓜。母亲喜欢用调羹挖，直到不见一点红瓤依然在内皮刮，她吃过的瓜皮最薄。刨去硬表皮，切成薄片，用盐淖一晚，次日炒着吃，佐以酱油、蒜瓣，口感脆爽。后来，外孙女形容像皮筋一样，唧呱唧呱。母亲干脆整块腌制，替代腌萝卜，成为下粥菜。西瓜籽小心吐在手里，收集到筲箕淘洗干净，摊在水泥台晒干贮藏，春节待客。炒西瓜籽实在乏善可陈，一点点大，牙齿跟舌头灵巧配合才可能叼到果肉，多数时候一无所获。方言"乱嚼西瓜子"谓食之不易，与葵花籽、南瓜子等不可比。

　　昔时农村男人不穿内裤，否则反而被人笑话。赤膊、赤脚，裤子是唯一遮盖身子的布条。老人是一条中式短裤，孩子田径裤，青壮年抽绳短裤。裤管宽大，一不小心露点什么很正常，谁不知道那个地方长啥玩意儿，大同小异而已。乡下人不讲究，不太把身体当宝贝。女人一旦生过孩子，夏天赤膊上身，不羞于袒露胸乳。母亲形容女人，姑娘是金，婚后是银，生过孩子猪拖狗拉。非洲原始部落，姑娘都上身赤裸，她们不羞外人羞。

河埠，习惯称水栈或泾岸。水栈是淘米洗菜洗衣的地方，一庄子人，上那个水栈，走顺了基本不改。石阶从岸头延伸到河面，底下亲水石头叫"泾岸石"，平整宽大，便于蹲身，放筲篮及脚盆。泾岸石比河面正常水位稍高，枯水期佝着身子才够到河面，丰水期水面淹过石头，下去得挽起裤管。暮色里，小河两岸河埠人满为患，都是来洗冷水澡的，石阶上脱满凉鞋拖鞋。日头下一天劳作，皮肤到五脏六腑身体滚烫，在河水里浸泡半个时辰，把体内温度降下来，顺带洗刷汗水，老人觉得凉爽了便上岸，孩子直到打寒战了依然待在水里，直到被大人骂回家。会游泳的小孩常被大人赶出水栈，而我即使不被赶也不屑于此，只借个道下水，扑到河中央，游过一个个水栈，直到村外深潋对岸。游泳很耗体力，没点胆气不敢。

借着夜色与河水的掩护，男男女女脱下衣裤简单清洗，穿回身上，湿漉漉地上岸，再晾晒在场角竹竿上。老头最无所谓，前边一遮，光着一截白屁股回家，女人们冲着老头背影亲昵地骂几句，小河归于宁静。

这天，我与老友在翁庄农家乐小聚，小木屋后窗是一条被精心治理过的河浜，河对岸，成片的稻子在炎日里拔节，似乎一眨眼工夫就蹿高了。席间，友人说，现在的日子多好，这么忙碌的季节，在空调房里喝酒，换作三十年前，在田里耥稻、撸草。五六十岁，都是过来人，自有同感。一人问，耥稻的农具叫什么？众人一时居然语塞。稻耥？竖耥？大名耥耙。它的形状有点像木屐，一块接近椭圆略有轮廓的木板，背面打几排钉刺，斜装在竹制长柄上。耥稻是女人活，把着耘耥在稻垄间拖送，用于松土、除草。撸草，十指变成耘耥，运动方向更自由，还能兼顾到行与株的空隙。队长一直强调要棵棵（稻子）摸到，他会横穿稻田检查。这些活究竟对增产有多大作用？无人置疑。如今都省了，收成也不赖。

　　至于拔草，倒是不可少。稗草模样跟稻子差不多，除草剂都奈何不了它。它疯长，抢夺养分，把稻子挤压得喘不过气，不清除势必大减产。它们与稻子长在一起，将其连根拔起也不伤稻子。拔草也是女人活，母亲和一帮农妇排成一行，共同推进，拔下的稗草扎成草把，扔到田埂上暴晒。这厮出奇厉害，晒成草干了，一下雨又能活过来。从稻秧开始，拔草次数不下三次，最终依然有遗漏，它们高出稻子一头，高傲挺立在田头，一旦细硬的种子落在田里，来年祸害麦子稻子。所以不等它成熟，队里还要组织一次打稗头，即拔下穗头，晒干、磨粉作猪饲料，也可以填枕芯。

大　暑

同办的小丁问我，你家的方言那边把夏天晚上"吹风凉"的长桌叫什么？小丁是张家港人，张家港南部接近常熟，而江边棉区，俗称"沙上"，言语、风俗颇有差异，更接近苏北。他那里称长桌为"条台"，我这里简单的一个字"条"。读音相近，接近第四声，但前半个音有点拐。长桌又叫条桌，"条"表示长方，应该是一个形容词，也能作量词，而在小范围吴方言区，演化为家具名。它是苏南农家必备的家具，据说美国人解读中国乒乓球厉害的原因，因为家家都有一张乒乓台。这乒乓台就是条桌，我在多篇文章里写到它，因为不太确定，一直写成长桌，总觉得对不起方言。

一年中大半时间，条桌静静靠在中屋墙边，沾满灰尘，也许春节哪家办酒席来借用几日。为了减少占地，父亲经常将它侧放,桌面倚墙,四腿向外。忽一日,父母唤我把它抬到屋场,用井水清洗干净。一张老木头条桌,本属村上富户,后来抓阄分到我家,背面原主人的名字渗入木质已洗不去,父亲郑重写下名字覆盖墨迹。条桌很轻,放倒了我独自就能搬出去。虽说它有些年头了,卯榫依然紧致,木质纹理清晰,没有一处变形或糟朽,估计全新时上过桐油。

这就开启过夏的模式了。

暑假一开始,父母为我核定蒳晒草干任务,60个,平均每天一个,一日三顿炊事也落到我头上。60个似乎不多,可首先要保证猪羊青饲料,还得扣除雨天,还有农活冲突,正常工作日不过30天。

小丁说,沙上人家就条桌搬到室外颇多讲究,屋前有一条河,恰好有一道坝,条桌摆放的方向也不能乱来。我只知道红白喜事,台缝的方向有别,难道平时固定摆放的八仙桌也有规矩,临时放张乘凉的条桌也讲风水吗?这里村庄格局与沙上迥异,有几户人家门前有河,只有一座小桥,哪来河坝。

我家先前院场是泥地,任凭天天踩踏,场地上的牛筋草像艺术家的脱顶,里稀外密。后来铺了青砖,牛筋草顽固地从砖缝里钻出来,匍匐于砖面,捕捉随风卷来的尘埃、柴壳、垃圾作为壮大蔓延的基质,隔一阵就要艰难地清理一次,纵然斩草除根,过一阵又冒出来了。

傍晚的砖场依然暑气蒸腾,热烘烘的让人不爽。打来井水,整桶整桶倒在场上,水流处嗤嗤冒着细泡,不一会儿被吸干了，温度快速降下来。搬出条桌，已是一身大汗。太阳落山前，煮好一锅米粥或面条，每人一碗晾着，余下盛在脸盆里，放在条桌一头，同时打好一桶井水，如果父母回得晚，井水变热，那就重新打一桶。他们回来第一件事，就是扳着吊桶牛饮一番。他们一天到晚忙得脚不点地，没心情弄大麦茶、姜茶，凉井水最过瘾。庄稼人不似城里人娇贵，谁见过喝饱井水闹肚子的？

晚饭前的空档，收拾南瓜为翌日早餐作准备。地里摘回的南瓜放在中屋，人与猪共享，想优先吃好瓜，这得凭眼光。指甲一掐，嫩而韧的喂猪，老而脆的是好南瓜，这只是初步判断。洗净的南瓜摆在条桌上，手持瓜刨贴着瓜皮自上而下划拉，声音清脆，瓜皮散开很远，这瓜差不了。切开，掏出瓜瓤，挤出瓜子，淘净，挂在屋檐下竹刺钩上。瓜切成条状，再切成薄片，放进篮子，盖上纱布，防止蟑螂爬上去产卵。

等打仗一样忙停当，父母差不多回来了。

胀干的面条已经结成一坨，像冻猪皮膏。粥变成糊状，碗面一层厚厚的粥衣能用筷子卷起。萝卜干、腌菜，或许还有半碗中午吃剩的凉拌黄瓜，几块蒸茄子，就权当下粥菜。蒜泥茄子易馊，酸酸的不对劲，又不敢说。母亲鼻子灵，说馊了还吃？端起碗凑到父亲鼻子上，顺手倒进猪食桶。我听言恐慌了，但觉肚子里馊味翻江倒海，吐又吐不出。母亲横了我一眼：馊的臭的烂的，猪狗都吃了没事，你怕啥？

农家是绝不允许浪费粮食的，隔夜饭馊了，母亲拿筲箕用井水反复淘洗，一次次凑近鼻子嗅，觉得馊味不太浓烈了，回锅慢慢煸干。平分三份，吩咐先吃了它才能吃新鲜饭食，母亲吃得若无其事，我吃得流泪，味道怪怪的实在难以下咽。我经常愤懑，怎么不给兄弟吃？母亲偏袒弟弟，说他还小。偶有因祸得福，馊饭变成油炒饭，加入盐和酱油，香味掩盖了馊味，不但不难吃，反而很美味。我巴望饭馊掉，有时不怎么明显，母亲拿不准，我赶忙凑过去闻，连连说馊了。母亲不乏判断力，更舍不得浪费菜油，多数时候不会受我忽悠而开恩。

每次吃完饭，母亲严格检查兄弟俩的饭碗，碗内不能留一颗米糁，粘在碗边、遗落饭桌上的米糁都得捡起来塞到嘴里。新米粥稠，筷子扒拉不干净，碗内粘着一层粥糊，父亲总是第一个放下筷箸，捧着碗舔，长舌灵活卷动，头与手配合默契，三下两下碗内干净如洗，当然还得象征性地在铅桶里荡一下——家里有个不成文的规矩，饭碗都自己洗，吃得最慢的还得洗菜碗刷锅，最终，这些活往往都落到了饭量大、吃饭磨叽的母亲身上。一家人，吃饭使的碗也基本固定，父母用"三号碗"，兄弟用青边茶盏，我用宫碗。饭后把碗舔净，穷人家勤俭得极致。听母亲说，吃食堂那会儿，她还在娘家，就靠食堂每顿打回一钵粥活命，每次外婆分完粥，姐弟几个抢着舔钵头，抢不到钵头舔汤勺也好。饿过肚子的人特别珍惜粮食，即便后来有所好转，父母依然保持着舔碗习惯，并言传身教。宫碗比三号碗深，碗口不够敞，我的鼻子上总是粘满黏糊糊的粥腻。

小河里泡冷了身子，回到条桌乘凉，这是一天中最大的享受。不是天天吃得上西瓜，生瓜黄瓜也解馋，要不，斫两根芦穄。白天屋后踩过点，有两棵芦穄穗头黑透。芦穄远无甘蔗粗壮多汁，只花工夫不花钱，再不吃，保不准明天被人偷了。

场院是开放式的，东南两方种着十几棵榆树，没几年已经蹿过屋顶，粗看跟榉树差不多，实际差远了。大凡速生树不成材，站着遮阳，放倒了只能充作硬柴。榆树底下乘凉，惬意中带着担心，正消遣着呢，肩背手臂忽觉被扎了一下，下意识用手一抓，又痛又痒，疑心被树上飘落的刺毛花蜇着了，灯下细观，看不出什么，皮肤微微隆起豆大的一点，有点痒，指甲挠去，有灼痛感。

刺毛虫，这里叫刺毛花，人见人怕。扁毒蛾喜欢毛豆，巴在豆叶背面，高度的保护色及逼真的拟态，让人防不胜防。暮色里，母亲去稻田边斫回一抱毛豆，借着微弱的灯光摘豆荚，为了节省环节，她直接在枝繁叶茂的豆秸上摸着豆荚剥毛豆，只听"啊呀"一声，被蜇了。扁毒蛾若无其事贴在豆叶背面，只能连叶带虫扔地上狠踩一脚，出口恶气罢了，很快手臂上肿起一块，大小形状像扁毒蛾，几天碰不得。

刺毛虫更毒辣，身体呈筒状，背部长几行红红绿绿的刚毛，艳丽得瘆人。它喜欢蓖麻和桃树，其他植物上少见。蓖麻有稀稀拉拉野生的，也有小片人工栽种，长在河滩。顶上一柱红花，绿色球形蒴果长着软刺，剥开，灰褐色的种子有好看的斑纹。大人告诫蓖麻有毒，连叶子都毒，万万不可喂羊，我跟小伙伴撑着胆子嚼过蓖麻籽，舔过叶汁，确实很苦。

苦的东西与毒挂钩，苦葫芦毒，鱼胆毒，毛毛虫怎么不被毒死呢？它需要吸收蓖麻的毒性，还是蓖麻需要它注入毒性呢？我觉得毒物之间有着不为人知的某种感应。

桃树上长毛毛虫，倒是有理由的。它可以看护桃树，吓唬馋嘴的孩子偷摘桃子，给无视威胁的偷食者以惩戒，让你吃了不长肉。刺毛虫漂亮的毒毛似长着眼睛，轻轻一碰，如突然被热油烫着，火辣辣的，肉眼看不清的黑色毒刺粘在皮肤上，还会自动往深处扎。最好的补救方法，就是贴上橡皮胶或者伤筋膏，揭下，拔出毒刺，如此几下，保不准毒刺被拔净。用肥皂水反复冲洗，依然火辣辣痒飕飕，挠不得，摸不得。

天晓得我家榆树也会生毛毛虫，抬头看不真切，地上分明有它们的排泄物，细小如草籽的黑色虫屎。树那么高，即使发现，又能拿它奈何？有一日，母亲身上凸起大块皮症，奇痒难忍，又抓又挠，钻心地疼。母亲怀疑榆树飘落的刺毛花粘在了衣服上，洗过几次依然有残留，此后一段时间不敢把衣服晾晒在场上。趁着给稻田打农药，她偷偷背回一桶药水喷在榆树上，药味刺鼻难闻，不出半日，果然有几条毛毛虫跌落地上，缩成一团，被不知哪里冒出来的蚁群牵着线抬走。为了斩草除根，父亲弄来半瓶原液，割开树皮注入，树下虫屎没了，世界归于太平。

毛毛虫对没有汗毛孔的手掌、指肚不构成威胁，胆大的孩子捉在掌心玩。灰喜鹊眼里，毛毛虫是美餐，天知道这鸟长了一副怎样的肠胃。鸡也啄食落在地上的毛毛虫，轻啄一下后跳一步，怪叫着，警惕着，紧张着。鸡脖子一伸一伸，发出痛苦的呻吟，多半贪嘴吃了毛毛虫。它没有长灰喜鹊的肠胃，徒有硕大的身量，还是免不了要难受一阵子，可即便如此，它还总是不长记性。

　　条桌不宽，兄弟和母亲两个人躺下，留给我和父亲仅有一个屁股的余地。蚊子围着我们嗡嗡，它看准了伸手难及的后背、腿脚，猛地扎一下。你本能地出手打，它疾速逃遁，桌底下转一圈，又回到你周围翻飞，这简直是一种调戏，可你却拿它没有办法，噼啪噼啪声忙碌，总是自己打了自己。随着一记响亮的巴掌声，母亲大骂，作死啊，吃了一饱血！月光下，她摊开的掌心一摊血红。母亲起身到屋里洗手，拿出三把蒲扇。我把脚架到凳子上，一把蒲扇在手，既扇风又赶蚊。弟弟已经睡着，父亲轻摇蒲扇，为他驱蚊。

　　西南风是夏天最不受欢迎的风，白天树头动，夜里没有一丝风，但室外依然比室内凉快。尽管眼皮打架，母亲几次催我回屋，我僵在条桌上，有几次半夜醒来，发现置身室外。夜露伤身，毫无防护，被蚊子咬。轻手轻脚走进房，本来有些凉意的皮肤窸窣窸窣渗汗。撩开帐门，用蒲扇往外赶蚊子，关帐门，躺下，轻摇蒲扇。临睡前摇蒲扇，也是两难，不摇不凉快，用力摇身体发热，扇子带走的热量不足将其抵消。迷迷糊糊间，忽然被热醒，满脸汗，后背黏在凉席上，翻一个身，凉席刷刷地从皮肤揭下。也可能蚊帐塞得不紧，几只蚊子钻了进来，黑暗中在头上方嗡嗡绕飞。于是坐起，再赶蚊子，它厚着脸皮躲到角落，跟你打游击。由于经常停电，床柜上备一盏油灯，临时照明，还可以"斥蚊子"。

斥，有驱赶的意思，读过类似的文章，较多作"烘蚊子"或"烫蚊子"，意思相当而意境全无。美孚灯顺手且安全，玻璃罩上口对准吸附于帐布的蚊子，蚊子受不了热气炙烤，瞬间失去活动能力，跌进玻璃罩，胡乱扑飞几下便不动了，玻璃罩中积了一层蚊子干尸。土制油灯斥蚊子要些技术，太远伤不到蚊子，凑得太近烧坏帐布，看准了，火苗突然一点，迅速移开，蚊子受热本能地扇动翅膀飞遁，噗的一声，一翅被灼焦，跌落席子，另一翅徒劳地扇动，吱吱转着圈，攥在手上，透过撑得薄薄的肚皮能见到一肚子暗红，那是我身上的血啊，母亲说一碗饭才长一沓糠屑血，一碗饭又白吃了。

我家的第一台电扇购于1985年，那是镇农机厂装配的台扇，当时还托了关系，80元优惠到60元。从此，吃饭用它，睡觉用它，先回家的迫不及待按开关，开最高挡位，不摇头，坐得很近，直直迎着风。台扇没有长长的支撑梁，没有沉实的底盘，只能坐在板凳上。摇头的时候哐当哐当，让人担心网罩随时可能落下来。小叔说它动平衡做得不好，可尽管这电扇噪声大，也让当时作为供销科长，手头握有批条的小叔很牛了一阵。

一家四口两张床，电扇只有一台，夜里谁用呢？上半夜兄弟俩扇，睡着了被父母搬走，可没了电扇很快就会被热醒。后来改为隔日轮着扇，一夜难熬，听父母房里的电扇哐哐响，那哐哐声真诱人。

村外河边泊着一条网船，船头船舱摆满，船棚外挂满鳝篓，这是一条张黄鳝的网船。网船来无影去无踪，渔民不大搭理岸上人，也许太忙，也许没有共同语言。稻田属于农民，渔民属于巧手猎人。一条网船就是一家渔户，一对夫妻带两三个孩子，奇怪的是他们都长得矮而敦实，身子短脖子短腿脚短，小腿肚子暴出一大块，模样极似举重运动员。或许这是年复一年被沉重的担子压扁的吧，十来岁的渔家女孩也能挑一副担子，比她父亲的担子小一多半。

一根长长的毛竹扁担，两头挂着高过头的鳝篓，随脚步晃悠，正面看去，看不到人影。日落时分，歇担于拖拉机路，左右手各提一串，往小田埂走，田埂两侧分别布四五个鳝篓，随手还是有讲究，不得而知。担子慢慢变小，什么时候收工，翌日什么时候回收，同样不得而知。收与布相反，十来个拴成一小串，挂在担子上，越挂越多，泥水里泡了一夜，比隔日沉重得多。鳝篓是渔家的劳动工具，也是全家的饭碗，你看到他们回头寻找，准是少了鳝篓，或许被顽皮的孩子扔进田中，或许被夜间照鳝的人顺走了。

鳝篓是渔具，两个圆筒状的竹篓呈直角连接，短的稍粗，细的稍长，一端编竹倒刺，一端是活动门。篓中放蚯蚓、蜱虫作诱饵，夜间黄鳝出洞觅食，钻进去就出不来了。回收的鳝篓堆在河岸，手一摇，就能判断出是否有活物。开盖倒入大木盆，有黄鳝、泥鳅，或许还有误入的蛇。渔民喜食蛇，极善烹调，据说蛇越毒越鲜美。

这个季节钓鳝的都是高手。我小时候，姚许大以专钓大黄鳝出名，他六十来岁，高而奇瘦，戴一顶破草帽，弓着肋条根根凸起的黝黑脊背，叉开麻秆长腿，草绳腰带吊一个酒壶，以酒解渴。他赶着不同的时节，从田里钓到沟渠，钓到河滩，终年不事稼穑，小日子滋润。每过几天他还要去城里一次，把黄鳝卖给全家福饭店，脚力不白花。

这几日，后菜场黄鳝不少，按个头，四两到半斤的每斤七十元，二三两的五六十元，最小的也要三十元。其中有些细如蚯蚓，都是电捕的，赶尽杀绝哪，钓鳝的对他们嗤之以鼻。三保是泥瓦工，这季节专业钓鳝，脚边水盆里，最大的鳝在一斤以上，浑身金黄，头部棱角分明，一百元一斤不还价。这些都是他每天远赴江边的王市、赵市捕到的，本地绝无这么大的野生黄鳝，他感慨农药太厉害了。

立　秋

七月流火，不是形容夏天暑热，而是秋凉。七月是农历，火指火星，夏去秋来，穹宇正南的火星逐渐偏西下沉，天气转凉。先前望文生义，一直用反了，这归结于自己古诗文底子薄弱。而用反的非我一人，故而本义被异化，难怪读过我文字的人，居然无一指出谬误。

农谚"提前十日做秋天"。秋将至，白天的阳光依然毒辣，而走在树荫下，房子背阳处，便不觉热辐射。偶尔来一阵风，哪怕一丝风，浑身舒坦。立秋日早上，朋友圈很热闹，微友"七叶树"说，今年小暑凉爽，大暑酷热，根据农谚推断，立秋后不热。"早立秋凉爽爽，晚立秋热死牛"，今年确切的时间为3点12分57秒，看来不仅不会热，而且暑热会很快退去。

　　我习惯夜练，喜清静，不喜操场上扎堆转圈。前一阵子，七点前万万不敢出去，走在村道上，空气热烘烘，脚下热烘烘，路旁水杉纹丝不动，狗尾巴草歪头呆立，稻子悄无声息。绿化带里，蝉叫得正欢，过路的汽车灯光、电瓶车喇叭声、行人的脚步声，它们毫不理会。蝉声一片混沌，鼓动着耳膜，仔细分辨有层次感：蚱蝉大而壮实，连续不断发出"喳——"的长鸣，叫累了干脆歇息；螟蛄个体小，呈浅绿色，叫声弱，"唦——唦——"；知了声音最丰富，"叽呀吱——叽呀吱——"每句尾音中断一秒，你刚以为它歇一会儿，下句又起。蝉喜欢高大浓密的树丛，喜欢大合唱，很少听闻乡野间孤零零的树干上孤蝉的独鸣。蝉声的能量与它的个头很不成比例，据说那是公蝉的求偶方式，我宁可相信，那是浮躁的宣泄，气温越高闹腾得越厉害。夏蝉变成秋蝉，鸣蝉厉寒音，动物对节气的敏感非比人类。

　　至苏虞张路口回头，我在六里塘桥驻足。这里本来是开阔的渡口，大半个河面被围堰围成鱼塘，只留一条小河通航。河上的桥很小，西侧的节制闸，绝大部分时间闸门开着，你见到它关着的时候，内河水位总比外河低。往东河面渐宽，一公里开外是苏虞张公路六里塘大桥，灯影向两端延伸，隐没在夜幕中。水面过来的风把浮萍、水花生赶到闸口，越积越多，堵住了一大段水域。萤火虫喜欢聚集在水花生上，明明灭灭，星星点点的幽蓝贴着水面移动。一明一灭闪烁，节奏与秒针相当。萤火虫发光也消耗体力，不一会儿，夜空划过的明灭突然不见了，过二十秒又在轨迹延伸处亮起。水面蚊子多，为萤火虫提供源源不断的肉食，它们也喜食水花生白色小花上的花粉。大片的水花生，为萤火虫提供了绝佳的恋爱场所，它们雌雄都会发光，不像蝉单方努力吸引异性，至于发光的差异，只有它们自己知道。

电视在介绍台风知识，说明台风将至。去年的"玛莉亚"，登陆福建时达14级，而教科书上最高12级。14级什么概念呢，视频中，马路上的汽车如波涛中的扁舟，行道树吹得东倒西歪，行人抱着路灯杆，被一股暴力撕扯着，随时可能被卷走。常熟真是个好地方，少有极端灾害天气，有时看台风路径，一路奔着常熟而来，却每每在登陆后改变了方向，从杭州湾上岸，向西拐弯，轻轻擦过太湖；或者在东海上不肯上岸，一路奔苏北去了。"外围影响"是本地台风警报的常用语，有惊无险。

十来岁那年，经历过一次惊心动魄的台风。狂风挟着暴雨突至，母亲和我们兄弟俩窝在家里，紧闭门窗。老屋在风雨中飘摇，窗户在风雨中震颤，雨水从门框缝隙中灌进来，积水涌到柴灶背后，屋外声浪一声高过一声，似世界末日降临。忽听屋顶乱响，母亲说瓦被掀走了！母亲拉起一把大油布伞出去查看，刚拉门闩，门砰的一声被粗暴撞开。母亲一身水回屋，脸色难看，说屋后两棵靠墙的榆树要把屋顶压塌了。怎么办？怎么办？父亲不在家，娘儿仁无能为力。母亲让我去叫同村的姑父，姑父也不在家，姑妈差遣大表兄跟我走。梯子靠在后墙，我和母亲紧扶梯子两边，脚踏住梯脚，全身心保护爬高的表兄。伸出屋面的树冠算不得硕大，枝枝叶叶被狂风按到屋面撕扯着，树干大幅度弯折，如强弓劲弩反弹到檐头，打得后墙都在晃动。表兄站在梯子上，后背紧靠墙壁，双手艰难拉动锯子，树枝咔嚓折断，树干顿时安分了。表兄从头湿到脚，脸部手臂留下树枝划痕，又被刺毛虫蜇伤。两棵削去华冠的树怪怪的，大概树根拔松了，来年没有长出新叶。

这次还是双台风，"利奇马"，紧跟着"范斯高"，中心靠近江浙沪。浏览天气预报，今天小雨转大雨，明后天转暴雨，气温直落到30℃以下。直到傍晚，仍无下雨迹象，蓝天白云，晴朗得让人怀疑。这一阵子，微友常晒出组照，感慨蓝天白云的美好，几年灰蒙蒙，经过治理，晴空回归自然。眨眼工夫，北窗外一朵最大的白云向着西北方飘过屋顶，飘出视野。

母亲破天荒在家。东山墙外菜地上，茄子秸秆、杂草堆在一边，一块条桌大小的地整平，土坷垃捣细匀，母亲准备播撒菜籽。一个小包装袋，印着青菜图样，母亲说一小袋三块钱呢。记得以前母亲自己留种，她说，不知怎么回事，自己留的种来年种不出息。这是从国外引进的高产抗病的品种，可是只能种植一次，来年不得不再向他们买种子，太损了！有识之士早有预警，一旦农作物种子被垄断，后果不堪设想。母亲不懂这些，只是心疼多余的支出。本来么，留几棵菜养老，留点种子举手之劳。撒种简单，撒均匀很不简单，不信你试试，等菜芽子钻出来，疏的疏密的密，斑秃似的，美感在其次，影响生长，影响收获。母亲有笨办法，把菜籽跟细干土及颗粒肥拌匀，大大降低播撒难度。

问母亲，怎么没去陪外婆啊？母亲说，好着呢，不用陪。

去年这个时候，母亲差人急吼吼通知我，务必第一时间赶到外婆家，晚了恐怕见不着外婆最后一面。外婆半躺在藤椅上，说着胡话，大口喘气，不过还认得我。母亲在旁边为她打扇子，小阿姨在喂她酸奶。外婆伸出的舌头缩不回嘴里，由吸管吸入的酸奶淋淋漓漓从嘴角淌下，挂在下巴，小阿姨捏着毛巾帮她擦。外婆用有气无力的眼神看着众人，说话含混不清，依稀可辨说哪个孙辈没看见，仿佛作最后的交代。

外婆用寨子上出寿星，90岁以上双双健在的有五六对，不过都没迈过百岁大关。外婆经常扳着手指排名次，直到她成为最年长的健在者。我说，外婆你要咬紧牙关，争取活到百岁。她咧嘴笑着，说一定争取。咬紧牙关是瞎话，她早没了牙齿，可那一口牙龈居然锻炼出了强大的咀嚼功能，脆软食物无碍，囫囵吞下肉食也无碍。她90岁后，有过几次惊险，先是上水栈摔了一跤，卧床半年。后是萎冬，基本不进食。母亲几次三番递我话去探望，孰料开春她又顽强地爬起来孵太阳了。外婆腰围三尺三，怎么看都不具备长寿体质，奇怪的是血压反而偏低，可能跟她喜欢素食有关。她说因为烧香心诚，修行到家了。外婆是童养媳，6岁到外公家，16岁圆房，生下了10个子女，留住2儿5女。得外婆一半基因的亲生子女都健康，两婿一媳已先她而去。我父亲、三姨父、大舅妈，包括外公都是回秋时节离世的，外婆犯病时段诡异，估计过不了这坎。

外婆上厕所最成问题，大舅一个人弄不动，再说他还要照管一家饲料加工厂。大舅与姐妹们商量，轮流看护。外婆说这几天一直梦见外公，念在把你们一个个养育成人的恩情，就陪我几天，最多一个星期。她以灵魂频繁返乡的体验预知大限已到，而且时间确切，想必过不了97大关了。姐妹几个日夜陪护，得空折锡箔元宝，一箱又一箱码在房里，说外婆到那边是富婆。一周后，外婆无恙，又过一周，不死不活……天气转凉，外婆舌头能缩进口腔，能吃两碗米粥了。姐妹几个变成单独陪护，无牵无挂的三姨陪得最多。久病无孝子，三姨对外婆说，你快点死吧，你安逸我们也安逸。外婆擦着老泪告诉我母亲，说想死又死不了，投河爬不到河边，上吊没力气，喝农药找不到药瓶，要不你们拿大笸箩扣死我。母亲替下三姨。80岁的母亲腿脚不便，勠人服侍已万幸，还服侍98岁的老外婆？老母在尚有来处，老母不在只有归路，外婆在上面盖着，母亲觉得有福。小阿姨告诉我，说我拿去孝敬母亲的瓜果小吃，左手来右手去，一半被她分给外婆，哪怕一个西瓜，都要切了半个骑上三轮车送过去。母亲是我母亲，外婆是她母亲，母亲没钱给她母亲买好吃的，嘴边省下来孝敬老母，由着她吧。大半年过去了，外婆活得好好的，无须陪护了。离百岁门槛两年半，家族出个百岁老人，也是后辈之福。

利奇马终于来了！来势凶猛，中心风力达17级，为新中国成立以来第三大登陆台风。朋友圈又在转发台风路径，红线从海上直指浙江温岭，向西偏北方向延伸，东海还有一黄一蓝 24 小时及 48 小时警戒线。9 日晚央视天气预报同时发布台风及暴雨警报，沿海地区被层次染蓝，江浙沪最深。苏州台现场报道，女记者穿着黄色塑料雨衣，背靠着海，脸上淌着水，风雨中身姿不稳，吃力的说话声中夹杂呼呼的风雨声。滨海大道一片汪洋，没有行车，路边的车子大半身子没在水中。

二百公里开外的常熟，雨未到风先至，乌云低垂，大团大团越过屋顶，使着性子甩几点水。雨前凉快，休闲广场比往常热闹，大妈舞、交谊舞、鬼步舞、僵尸舞，各路音乐交织在广场，树荫下，花坛沿，石阶上，看客或站或坐，看的比跳的还多。一阵雨突至，众人乱哄哄四散逃窜，拖着音箱的跑得最慢，没跑几步，雨戛然而止。部分舞客从乡下开电瓶车赶来的，不甘才摆开场子就走，回头继续跳，大部分人选择回家。不过二十分钟，又一阵雨打来，雨点越来越密，看样子不会停了，这才作鸟兽散。因有所预见，我没跑出太远，一路狂奔回家，纵然沿路香樟华冠遮挡，还是被淋得头发滴水。

院子里的凉快与屋里的潮热反差明显，端一把小椅坐在走廊，听雨打在车棚，打在丝瓜叶上，席地卷起的水雾从围墙栅栏打进来，脸上湿漉漉的爽透了。半夜，风打着旋，摇晃着窗玻璃，嘭嘭嘭，似有人拍窗。卫生间吊顶内，一对戴胜鸟窸窸窣窣很不安分，大概被惊着了。顶上有一个十厘米的通风管，伸出墙外一截。之前每到清晨，那里总有一种奇怪的声音，起先以为是老鼠，细听，没有奔跑声及老鼠尖利的叫声。无意间发现，一只大鸟从管子中探出头，扑棱翅膀飞去，紧接着又一只飞出去，浑身五彩斑斓，头顶立着漂亮的冠羽，是戴胜鸟。应该是两口子吧，真会找地方安家。

翌日，一天暴风雨，最担心两个丝瓜棚是否扛得住。群里有人转来两个视频，一个是从高层建筑窗口拍摄的，来不及撤离的几个人逃到平房顶上等待救援，被山上滚滚的泥石流连房带人裹挟而去，一片哭喊声。另一个是海上巨大的黑色旋风团逼近海滨城市。高不可测的风团看似是静态的，其实正在孕育着巨大的灾难。作为陪衬的城市建筑显得是那么渺小，人类在它面前也显得无比脆弱。随着高峰期临近，黄色预警升格为橙色，所有活动被取消。民间文学协会与福山的对口活动第二次改期，上一次因为天热，这一次，呵呵。

约几个朋友喝酒正合适，群里一招呼，风雨无阻。一家饭店就我们一桌，拉开走廊门，推开前窗，凉风习习，喝酒听雨，听雨喝酒，席间免不了台风话题。听说晚上十点达峰值，我坐等它过境，九点无动静，一直到十点半，外边动静反而小了。热心微友一路跟踪，感慨常熟真是块风水宝地，你看，风从嘉兴过来，擦着苏州穿过太湖往西，再往北，生生绕过了常熟。

当警察的女婿取消了双休，11 日一早刚到单位，被告知警报解除，回家休息。他回家第一句话，台风到盐城了。午后闲着无事，他们几个去南湖湿地公园闲逛。游客不多，木板栈道湿湿的，他们玩兴不减，尤其是六岁的孙女，不管到哪里玩总比闷在家开心，照片上都是自以为好看的摆拍。

　　丈母娘又带来了蔬菜，空心菜嫩，黄瓜难得没发黄。老太太把三轮车停在门口，不进门，绕着屋子转，看看她亲手栽种的丝瓜南瓜，手里拿着镰刀，随手削去杂草。屋后有一长条空地，原来的草皮被杂草淹没，丈母娘试着种了一塘南瓜，只三棵，瓜蔓出奇能爬，爬满自家空地，侵占邻居的空地。开始时只拖蔓不结瓜，炫目的大黄花都是雄花，好不容易结几个瓜，拳头大就萎了，该不是地太瘦？可是瓜藤挺肥壮么。不久，结住了一个，又结住一个……三棵南瓜居然有两个品种，蛇南瓜结住三个，磨盘南瓜结牢五个，藏在稠密的叶盘下，不细看不知。

　　大病初愈的妻子，每天早晚给丝瓜浇水，看南瓜长势。丈母娘隔日过来，首先视察她的杰作，她说瓜像自家孩子，一天天看着它们长大，有成就感。丝瓜适时采摘，太嫩不舍得，太老不可食。而南瓜越老越脆，我的经验是拿指甲掐，看瓜柄木质化程度，瓜蒂凸出多少，丈母娘说只要看表皮的白霜。南瓜跟丝瓜不一样，匍匐在地，每个枝节的气根扎进土里，纵是日头毒，叶片也很少萎靡，它还自然淘汰多余的叶片，把所有养分聚集到瓜身上。邻居提醒，该摘掉了，说不定哪天被收破烂的顺手牵羊摘走了。

　　丈母娘凭经验觉得可以了，连续抱回三个瓜放在楼梯间，每个都在二十斤上下，她还特别强调，一定要按瓜长在地里的姿势放。她说自己种四窝才收获五个，这块地有出产。那么大的瓜使人发愁，一个瓜吃几天啊，况且我讨厌南瓜，纵然网上宣传粗粮种种好处，南瓜如何养生。

丈母娘开玩笑，可以拿到自由市场卖掉，一斤一元很抢手。最后自家留一个，一个回家给母亲，其余送人。

吃到我家栽种的南瓜，不知母亲有何反应？

处 暑

　　一到暑假，便进入日夜颠倒模式，早晨爬不起，夜里不想睡。这天清晨破例早起，昨夜喝多了，口干舌燥到凌晨。站在院子里，晨风凉爽，花香阵阵。这小区种花的人家不多，即使种，都是好种易活的大众花草：吊兰、仙人球、山茶、月季、金钱草……家里最值钱的要数那盆兰花，好友送来时我犹豫且担忧，兰花金贵，千万别给我这毛手毛脚的花盲糟践了。我只知道水多烂根，花不是干死的而是淹死的。不知还有一句话，干要干透，浇要浇透。那么热的夏季，毒日头下眼瞅着花草蔫巴巴，不敢浇水。入冬后，花草搬进室内，一两个月不敢浇水，结果枯萎了。

　　唯有那盆兰花，搬回来时黄不拉几，可它居然没死，还愈发青翠，且开过一次花，白中带着微微的蓝，甚好。莫不是它体谅我不会侍弄，一改往日的娇贵，开始走亲民路线了，或许它本不怎么娇贵，只是兰花中的大路货。一次兰花盆被野猫打翻了，植土撒了一地，兰花草连叶带根撒落。这才发现，这花的植土不是普通的泥土，而是树皮、渣石、木屑之类，透气，存不住水。对种花颇有研究的朋友给我扫盲，野生兰花扎根干旱的石缝，靠雨水及露水存活，生命力强着呢。

院里花香来自盆栽茉莉。花树有些年头了，当初从母亲那里连根掰下一枝，种在小花盆里，当年便开花了，枝叶蓬勃得不可思议。不料次年开春，老叶发黄，细小的新叶蜷缩着不肯舒展。请教隔壁在尚湖景区管理花草的工人，他说肥力不够，给我们几斤颗粒肥料，结果依然。再次请教，说该翻盆了。连根带土拽出来，好家伙！白色的根须结结实实缠绕着，像一块圆圆的海绵，不知本来的土到哪里去了，满盆的根失去土壤滋养，还能出息么。狠心切去多余的根，换上更大更深的盆，不多久，花树焕发生机。这盆花可以说九死一生，冬天由于干旱，叶子全部干枯脱落，有一段春夏，我们两口子住在城里，它几乎枯死，又被救过来。浇几次水，上少量的肥，劫后还魂的花树又一轮疯长，每年都要大幅度修剪，剪一次枝条愈发密，根部愈发壮。从春末到深秋，枝头的花开了谢，谢了开，凋谢的花还挂着，新的花苞开始孕育。茉莉奇香，阴雨天不甚觉得，来一阵残阳，早起开出门，下班走到场角，顿时异香扑面。

串门的邻居说，这是多瓣茉莉，属于茉莉家族的佳品。茉莉有单瓣、双瓣和多瓣，也有大小之别。初始枝端冒出几个细小的花苞，鼓到一定程度，花瓣由外而内次第展开，即便盛开依然结实，不似含笑月季之类手一碰花瓣脱落，你不碰它，更是大半凋而不落。茉莉的白隐藏着一丝丝其他色调，似黄，似蓝，白得温柔。有几次，我发现外层花瓣有淡淡的粉红，仅一两朵花，仅一两片花瓣。就我所知，茉莉都一色的白，古籍记载中有过红色及粉色品种，可无照片亦无标本传世，是灭绝了，或压根就是其他花类，不好说。就这两朵特别，不知这一抹粉红来自哪里？近在咫尺的花坛中有几株夜饭花，也许是风，也许是蜜蜂蝴蝶或纺织娘，把花粉带过来的。动物间有生殖隔离，花卉之间有没有？应该也有，这一抹淡淡的红渐渐淡去，如果不是留心找，几乎看不出来。

茉莉花开了一茬又一茬，香了一季又一季。邻居说他家经常采集整朵半开的花，晒干后掺在茶叶中，自制茉莉花茶。花茶尽管有名，估计大老爷们都不太喜欢，好端端的茶叶味给花香抢了，所以花茶的茶叶都普通。这一日，红烧草鱼头，草鱼头跟鳙鱼头没法比，价钱便宜得多，只要会烧，味道不差。把鱼头劈开，两面煎透，务必加开水，水不多不少，文火焐上半小时，翻身再焐半小时，焐好收卤。草鱼土腥味重，很难完全驱除，所以多加料酒，浓油赤酱，外加葱姜。市场上的生姜多年不用，硫黄熏过的姜卖相好，拿回家几天就烂。自家种的细香葱一到夏天就败了，新种下的葱白只有短短的几根芽，舍不得拗下来。我突发奇想，加了两朵茉莉花，锅盖透气孔逸出的水汽飘过来，鱼香隐约夹着花香。鱼特别好吃，此后每次都放一朵茉莉。偶尔从电视节目中看到，茉莉炖鱼头乃有名的药膳，人家整把整把地放，我放一两朵简直小家子气。

门口两棵铁树已二十多年，随着它们长大长高，换了几次盆。这次用上最大的盆，其实该叫缸，即便换下的两只稍小的也是缸，放在院子里，一时没有合适的花木移入，撒一把夜饭花籽，花苗厚厚的一层，拔去小苗，留十来棵比较壮实的，依然嫌多，最终择优留了三棵。

它学名紫茉莉，不过不属于茉莉。它总是白天凋萎，太阳落山吃晚饭时开放，所以俗名夜饭花。我小时候，屋前屋后墙脚遍布夜饭花，秋天能收好几升种子。黑色花籽比豌豆略小，外壳如高尔夫球布满规则的凹点。冬天没事干，在脚炉里爆花籽，噗的一声爆开，里边白色的籽肉可食，味道不怎么好，权当解馋的游戏。

现在的孩子不玩这个游戏，脚炉匿迹，食物丰沛，这可疑的东西家长不允吃。孙女喜欢采夜饭花玩，抽去花蕊吹，吱吱如小喇叭，所以她一直叫它喇叭花。我说牵牛花才叫喇叭花，还领她到屋后认牵牛花。她记性好，只告诉她一次小尼的全名叫尼格买提，她便牢牢记住了，唯独对夜饭花，纠正一次忘一次，刻意叫喇叭花。

夜饭花的花色过于单调，红彤彤一片，记得小时候还有黄色与白色。一次夜跑，见到农户墙边红黄镶色的花，色调配比随意，估计是两种花种在一起形成的变种。摘几颗种子带回家，来年未见出苗。

夜饭花不适合盆栽，一天的骄阳，花枝软耷耷瘫落，叶子皱巴巴下垂，浇一桶水，不过半小时，它又鲜活地撑起身姿，打开花瓣。缸里的花长得快，开花早，谢得早，这时节一大半结籽了，枝叶黄瘦，眼瞅着进入尾声，不料下过一场秋雨，枝叶慢慢青翠，花依然层出不穷。

树荫下的夜饭花，出苗晚，发棵慢，一直不起眼，直到现在才开花。还有弄堂里水泥缝里的几棵，去年零落的种子恰好嵌在缝隙里，扎根浅，整个夏季半死不活，有时看它可怜，给丝瓜浇水顺便泼半桶水，终于活了下来。谁知道，这一阵子它开始疯长，并开始开花。两家墙挨得近，每日光照不足一小时。花坛里的更是照不到阳光，纤弱而青翠。有一年，它从花坛里斜着身子匍匐出来，花坛壁支撑不住它愈发葳蕤的枝叶，一个雨天瘫倒在院中。想扶起它，又怕哪里折断，还是顺其自然的好。雨后，横着的花枝拐个弯一齐向上窜，着地部分居然在大理石地面浮土上伸出气根，站稳身子。它愈发盛大，根部长到手臂那么粗，占据小半个院子，有多个长着气根的支撑点，如榕树一般。这株我平生所见个体最大、花期最长的夜饭花，一直开到立冬，终于在第一波寒潮中轰然倒下。来年，花苗密密层层铺满花坛，拔一拔蹿起一拨，依然生生不息。

早毛豆上市了，可是口感粳而不糯，赶个时鲜而已。早熟的蔬果品质都不太好，就像急火烧煮的鱼头欠缺时间，农产品欠缺时日也就是匮乏了日光。张根说，他们那儿种毛豆不为吃毛豆，而为的是豆丹，也就是豆叶上的大青虫。第一次听说豆丹，半信半疑，有些恐怖。豆青虫一节节软而鼓圆的身子，头上翘两个细芒样黑触角，弓着背缓缓蠕动，碰一下心里发毛，更甭说送到嘴里吃了。张根说，不是你想象中的吃法。

第一次吃豆丹，在前年秋季开学。张根家宴请三桌人。其他菜肴由主妇小红张罗，唯有这道菜他亲自掌勺。酒过三巡，他端上一大盆丝瓜汤烧什么，小心举箸捡起，不明何物，蛋花？不似这么有型，小蛤蜊肉？不似这么绵软。什么东西？张根说好东西尽管吃，半脸坏笑。轻咬一口，不腥不瘆，却有怪怪的异鲜渗入唇齿间。好吃吧？蛮好。真的好吃？好吃！吃得惯吗？太好吃了……张根一次次问，我一次次答。好吃多吃点！他操起汤勺，给我舀了半碗。他说，隆重推荐，这是咱家乡灌云特产——豆丹。

美食家说，人类食谱中缺了一样好东西，昆虫。是的，绝大部分地方不食昆虫，可惜了那些唾手可得的高蛋白。其实，吃什么不吃什么关键不在口腹，而在过心理关。小龙虾是脏水里的虫子，早年都当宠物豢养的，谁会想到有朝一日铺天盖地成为时尚美食。虫草不也是虫子么，又有谁知道现在它的身价那么金贵。农民讨厌豆叶长虫子，灌云人例外，而且越多越欢喜。灌云的孩子，见到豆青虫不但不怕，相反有亲切感。在豆丹没有成为奢侈品之前，它是家家饭桌上不可或缺的家常菜，而毛豆只是虫子的温床，充其量美食的副产品。

那次张根烧了三大盆，我们这桌战斗力强，那两桌女人孩子多，大半剩着，并到这桌来，统统消灭。发朋友圈，居然无人识得，可见它比较小众，或者说，我的朋友的地域分布还不够广。他们问我，真吃了？我说真吃了。描述一下口感？绵软的韧劲，奇鲜的稀罕物。反问，你敢吃吗？回曰，不敢，怎么敢呢，再好吃也不想吃。我感叹：可惜了了！

去年再吃豆丹，毫无神秘感可言，只顾埋头大快朵颐，汤汤水水风卷残云。依然是丝瓜豆丹，豆丹可能已经冷藏过。时节稍晚，丝瓜有些发黑，可这无关紧要，丝瓜只是调料。

偶然在网上读到介绍灌云特产的短文，分享群里。群友打趣说，吃豆丹找张根。张根悄悄记下了，不日给了群友一个惊喜，他突然帖出一张照片，上面是一地豆叶爬满青虫。

吃豆丹那天，几位群友请假，无缘享用这世间尤物。张根老乡小黄回灌云，特意购回十斤鲜豆丹。粗略计算，大概在六百颗。难为了张根一家子，先用短面杖轻擀挤去腹内腌臢，剥离表皮，剩下的肉质腔管以淡盐水养清，忙乎大半夜。买豆丹的小黄也来了，说这个时节豆丹便宜，便宜到多少呢，他没说。我无端以为三十来元吧，张根噎了我一句，三十元只让你看不让你摸。哦，依然贵。刚上市一碗三千呢！小黄说，豆丹可分青豆单和入土豆丹两种，入土豆丹如蚕蛹，肥嘟嘟，油炸更好吃。

这道菜本想让饭店厨师烧，张根不放心，开席后出去监工，结果他依然亲自动手。张根这次手重，说要来个原汁原味的灌云豆丹，咸且油腻，辣椒超级多。一调羹汤小试，又辣又烫又鲜，张嘴吹气缓解味蕾的疼痛，宛如拼死吃河豚——顾不得了，一圈转下来，连汤带虫掠去大半。或有人第一次吃，却为众人狼吞虎咽的劲头感染，几乎来不及犹豫，跨过心理门槛，任你谦谦君子，吃相风度抛到爪哇国，一心只想大饱口福。一桌子人闷吃，但见筷箸翻飞，喉结涌动，但闻喝汤的呼噜声，牙缝间辛辣刺激的咝咝声。只有张根和小黄浅尝辄止，基本没动筷子。不知两人底下笑话过我们没。如果他们说，看我们吃也是享受，比他自己吃还舒坦。那真是太伟大了。

中秋前周日，与妻回老家探望母亲。母亲在屋东菜地种蒜头，菜地靠水稻田一侧栽一行毛豆。这些毛豆的豆叶都不甚完好，有的豁一角，有的叶面散布小孔。我突发奇想，家里菜园的毛豆叶上有没有豆丹呢？翻来覆去看，叶子背面巴着茸茸的毛毛虫，头大身小，即将涅槃为蛹。地里有时还能见到蚱蜢，以往翠绿的翼翅身子染了秋色，不甚灵活。母亲问找什么，我说找青虫，她说这季小青菜最难种，晚饭前还翠翠的，隔天早晨居然被小青虫糟蹋得孔孔洞洞，洗菜特别吃力。那小青虫能否长成豆丹？或者说，它就是豆丹的幼体吗？

吃青虫的种种，无法跟母亲说，她打死也不信的。

母亲把蒜瓣掰开，排在垄沟上，拢土，浇水。她埋怨蒜头太贵，这一小畦种子二十元呐，最贵的摊上卖到七块钱一斤。这是从山东来的小货车上买的，十块钱三斤。我说，直接买大蒜吃得了，何必贴进人工。母亲说，总归便宜点，再说，能像韭菜一样割几茬。

大蒜、韭菜是我最爱的蔬菜，天生带着鲜香，桌上蒜韭先端出来的话，百蔬无味。它们唯一，也是最大的缺点就是太臭，跟酒一样，吃进去香，呼出来的味不好。造物主公平，不能让谁把所有的好处全占了。大蒜家族中倒是有一种阔叶大蒜，剑麻般的叶片宽而厚，食后无臭味。可它素炒远无大蒜鲜香，需佐以肉丝猪肝鸡杂等荤炒。最好用五花肉，切成薄片先下锅，逼出部分油脂，蒜叶吃透油脂，脆生生，肥嘟嘟，满口生香。小时候，吃得最多的蔬菜便是阔大蒜，只一小畦，剥笋叶一般外围掰几叶，中间很快钻出嫩叶，直到来年春天抽出蒜薹，形体还那么大。不过现在好多农户不种了，包括蓬蒿菜，有一阵子网传这两种蔬菜致癌，大菜场不卖，大饭店不上桌，只有自由市场老头老太篮头有，乡村饭店也能吃到。

母亲突然记起什么，要我去西屋拿葡萄酒。葡萄酒？哪来的？她笑着说自酿的。母亲多年做米酒，还会做葡萄酒吗？我一直以为葡萄酒酿制工艺极其复杂，一般酒厂尚酿不出，就几个坛坛罐罐哪能酿什么葡萄酒。

墙脚靠两个小绍兴甏，记得以前储藏过芝麻赤豆绿豆一类谷物。甏口蒙尼龙纸以麻绳扎紧，发酵产生的气体撑得尼龙纸高高鼓起。母亲松了一下绳子，冲出一股酒味，说再不松，尼龙纸都爆了。母亲拿过两个大雪碧瓶，瓶内呈浑浊的暗红色，这就是她的葡萄酒吗？外壁黏手，瓶体鼓胀变形。母亲说，拧松盖子放气，不要拧得太快，一不小心大半瓶酒喷掉了。哈，装进瓶子了，还在发酵？

老家附近遍布葡萄园。这个季节的葡萄熟透了，不像刚上市那么酸涩。葡萄品种繁多，无籽的称提子，颗粒密而略小，皮肉紧致，耐贮藏。我喜欢普通葡萄，滚圆而硕大，汁水丰富，剥皮容易，但易烂。不知哪个葡萄园先发明的，把卖不出的葡萄做成葡萄酒。脱落的，即将烂的葡萄不值钱，村上好多人家几十上百斤买回，自酿葡萄酒。母亲也买了五十斤，她自己滴酒不沾，可两个儿子都是酒鬼。自酿葡萄酒的工艺太简单了，把葡萄捏碎，按五斤葡萄配一斤砂糖，闷在瓮里发酵，不需半月，化学反应就会把它们变成另一种液体。滤去葡萄皮葡萄籽，再醒一阵，葡萄酒就算大功告成了。不知母亲从哪里听说，用红糖酿出的是红葡萄酒，白糖酿出的是白葡萄酒，她还在白砂糖中特意加了冰糖。她对酒品的理解就这么简单，貌似有点道理，但以我看，不管加什么糖，酒都一个样，暗红浑浊，口感不咋地，烧酒味太重。酒药呢？不用酒药，糖就是酒药。

酒一定得拿，否则辜负了她老人家美意。母亲说，你不拿，你弟弟嫌少，下次回来谁知道还有没有，五十斤葡萄，没做几斤酒。

白　露

今年的中秋节来得早，9 月 13 日，尽管没早过最早的 9 月 7 日。

中秋节，照理是要吃糖烧芋头的。往年，母亲会让弟弟打电话，叫我回家拿芋头，我往往推脱。这东西街上买得到，有毛芋头，也有削皮的成品，拿回家即可入锅。这两年服务更到家，煮好，装打包盒，热一下就可以吃了。本地芋头吃惯了，仿佛芋头本该的味就是这样，还能吃出猪肉的味不成？前几年到荔浦吃过正宗荔浦芋头，来自他乡的味道冲击着唇齿间的记忆，才知道芋头跟芋头不一样。荔浦芋又名槟榔芋，曾经是广西每年进贡皇室的首选贡品，并且在清朝乾隆年间达到了极盛。随着电视剧《宰相刘罗锅》的播出，荔浦芋头更是在全国家喻户晓。

　　小时候，除了春节的红烧肉，腊月廿四的芝麻馅汤团，中秋节也是母亲为数不多舍得用蔗糖的节令之一。八月十五那天起床，炖在锅里的粥已经不太热，说明母亲早出门了。母亲肯定在坯场，她要提前把一天掼坯任务完成，过个安稳的节日。这天学校不放假，基本上没人提起这个节日，就像寻常日子那般寻常，也许老师会跟住校同事聊几句，因为她们宿舍门口脚盆里浸泡着新鲜芋头，大概是边上村民送的。

　　这才想起家门口脚盆里同样浸泡着芋头，才想起母亲昨夜睡前吩咐过，今儿放学后不去坯场，割完草之后要把脚盆里的芋头收拾好。

　　怎么收拾，拿什么收拾？母亲很少正儿八经教我做家务，她总以为这些都是"开眼的活"，意思是凡是睁眼的看看就会，农家孩子平日耳濡目染，更应该"天生"就会。盆里有一片碎碗瓷片，想起来了，母亲用它刮皮。掰去泥块，洗净，扯去表面毛发，用瓷片刮去黑褐色表皮，就得到了白而粘的芋头。选碗口瓷片，手持光滑的碗沿一端，锋口用来刮削，太小太薄，很不凑手，几个来回下来手指攥得酸痛。不用刀削，不用刨子刨，是怕浪费吧？弄到最后，手指实在攥不动了，换左手又别扭，干脆用菜刀削，轻快多了。

　　黄昏掌灯前，母亲回来了，先问芋头，再问水烧开了没有。满意在她脸上不过逗留了三五秒，就突然变成了愠怒。怎么啦？一起回来的父亲也不明所以。母亲说，这个懒虫，把拳头大的芋头削得剩鸡蛋大了，芋头都没长足，这几个好不容易挖出来的，大半脚盆成了这么一点点。这能怪我吗，表皮坑坑洼洼，实在不好削。父亲把芋头用开水淖过，吩咐我烧火。母亲拿了脸盆拌高粱粉，捏成一个个小团子，小心放入锅中。高粱粉是前几天刚到加工厂轧的，加了一半陈年糯米，糯而有高粱的香，比单纯吃芋头耐饥。

难得吃一顿甜食，美得无法形容，甜稠的汤水滑过喉咙，比吃芋头和高粱团子更爽。母亲只放了不到半碗红糖提香，甜味多来自糖精。母亲说，红糖就那么点甜度，罐头里都倒进去也不觉甜。其实，她舍不得，也不能舍得，余下大半罐留着廿四夜做芝麻馅汤团。

刚收拾完芋头感觉双手有些痒，像有小虫子爬挠。烧火那会儿，伸进灶门烘烤，貌似舒服一点。吃着芋头，两个手愈发痒了，如蛆钻一般。看看手掌手背，直到手腕那里红红的。母亲这时候笑了，说芋头汁致痒，你越想越痒，不想不痒。好像这痒是我想出来的。父亲让我蘸盐搓，没缓解；蘸酸醋搓，似乎好一点。痒的难受远甚于痛，以痛来抵消痒，狠狠抓挠，指甲掐，热水泡，直到临睡才缓解了一点。

家里的芋头种在屋后自留地，那里有一块三分多的水田，每年种糯稻。每次收割完麦子，母亲总在靠路这一端，用铁耙抓泥土堆高一层，辟成一块半旱地，撒上羊窝灰、鸡窝灰，捣细掺入土中，种上隔年留的芋头种，以麦壳与草木灰覆盖。起先要每天泼洒一次水，直到嫩芽顶开麦壳钻出来，就可以两三天浇一次。待灌溉插秧后，便无须浇水。高出水田的芋头地表面看似干爽，其实底下水分充足，脚踩上去感觉松软。芋头属半湿植物，又不像慈姑之类能种在水里，所以把它安排在水稻田边正好。水稻长多久，它就长多久，水稻什么时候收割，它也差不多收获，大自然的搭配真的太奇妙了。

芋头大大的叶片形似荷叶，后来见到滴水观音，觉得两者叶片、叶柄、地下块茎都极其相似，它们确是近亲，不过滴水观音是绝对不能吃的。芋头最佳的收获时间当在霜降前，一夜霜冻，青枝绿叶马上委顿塌落，再不坌起来，连地下的芋头也要被冻伤。母亲种的芋头里面，母芋个头大，一个能烧一两碗，母芋生子芋，或许子芋上还生出孙芋……谓之芋艿，比母芋更糯更好吃。中秋时母亲勉强挖的一顿芋头，正在长头上，芋艿才弹珠大，确实可惜了。

晚饭后，父亲照例拿出一筒月饼，五个叠在一起，用包装纸卷成筒状，油脂透过纸洇出斑驳的油渍，看着馋人。那时候不懂这叫苏式月饼，以为月饼就是这样子，难不成还会有其他样子吗？多年后，我才知道还有广式月饼，上面印着精致的花纹与字符，不过中看不好吃，太黏嘴了。不过退一步来说，假如广式月饼出现在我小时候，肯定不是这种感觉。一个月饼小心翼翼托在手掌，舍不得一口咬到馅，饼屑油香尽管没什么味道，但还是要一层层剥进去，刻意控制着进程，将感官享受最大限度拉长。月饼皮剥着吃完了，露出红红绿绿的馅。那时候大概只有一种百果园馅，核桃肉、瓜子仁、冬瓜糖、红绿丝，或许还有些别的什么，都是难得见到难得吃到的美味，又甜又香。很长一段时间，我觉得月饼是世上最美的食物了。

父母从来没赏过月，也不懂得赏月，那种小资情调对半文盲的他们来说，等于木樨花喂牛。大概有那么一次，外墙脚鸡舍里有些骚动，母亲怀疑鸡舍门没关好，开门查看，说今天的月亮真亮真圆。这是母亲嘴里最有诗意的句子了。全家走到户外，那么煞有介事仰望一会儿，不觉得有啥看头，月缺月圆很寻常。母亲很快扯到别处，说谁谁眼神好，能在月光下做花边。那个谁谁，我没见过。

今天的我早不爱吃月饼了，女儿也不爱吃，女儿的女儿更不爱吃。包装精美的月饼从节令的象征符号，蜕变成了老人的专用食品。我们单位发一盒，妻子女儿单位各发一盒，都安排好主顾，多就多给一盒，不够自掏腰包凑齐。明知老娘也不怎么喜欢月饼了，可到这个节无论如何也不能不给她送去，否则，她在村里失面子。妻子打电话给她老娘，她说等月半烧香顺便来拿。哎呀，中秋当天月饼就不值钱了，简直白菜价，那些想吃月饼又无人孝敬的老人，总在次日捡这个便宜。

丈母娘骑三轮车带来一大袋子山芋，都在一斤以上，没有一点伤痕。它们看起来皮色深红，表面光滑，想必出自沙壤。她说，窑厂复耕稀稀拉拉，空地很多，谁抢到谁种，果不其然。小时候，山芋是辅粮，也可以当作零食。烘山芋香，生山芋脆。洼地里的山芋大多黄芯，生吃脆而甜，煮熟不好吃，有淡淡的怪味，大概因为它们长期生长在潮湿过度的环境中。长在黄泥地的山芋细长结实，煮熟了酥香，能吃出板栗的味。个头大些的切成小块烧山芋汤，个头中等的一切两半，贴在饭锅边蒸，饭熟山芋恰好熟，贴锅的一面黄而焦香。

最小的山芋，跟芋芨一起连皮煮，就当早饭了，上学时揣在裤兜里，边走边剥皮边吃。

我家有一条小黄狗，一直摇头晃脑跟着我，我随手抛出一块山芋皮，它张开嘴接住，落点不同，抛物线不同，它或跑或跳或拐弯，总能恰到地张嘴接住。这厮很有灵性，有时我做个抛物手势，空无一物，它直愣愣望着我不动。直到山芋吃完，它依然跟着，我骂它，跺脚赶它，它远远跟着，哀求的目光让我不忍，只好把本想充作点心的一整个最大的山芋扔给它，拿到了食物，它终于满意地掉头回家了。狗狗凭啥判断这般准确，是它异常灵敏的鼻子。

丈母娘给的山芋太多了，一下子吃不了，等天凉了不易保管，大里挑大让女儿带回市里，关照她吃不了做个顺水人情。烧汤山芋，一个就占了电饭锅一半位置。有两只表皮上长了芽，妻子觉得好玩，带肉切下一片，养在水仙盆里，淡蓝的盆中，青中带红的枝叶缓缓升起，也是一个小盆景呢。

发芽山芋更甜，不像马铃薯发芽后有毒。小时候割草时，我最喜欢挖发芽山芋了。山芋地整过后，一般撒油籽，过一个月移栽。垄山芋时，或多或少会遗落一些，埋在地里看不见，一俟发芽长叶，全暴露了。芽叶恰好在沟垄，不破坏菜秧。长在秧苗间，免不了糟蹋了菜秧。顺着芽叶插下镰刀，掘起来的那些山芋有的有拇指大，有垄坏了一角的，有的干脆一根茎，偶有一只完整的，个头还算可以，大多时候其实都毫无收获。可那时我们不管收获与成本是否对等，也没人顾及集体庄稼，只是为了好玩。你想，谁家都有几百斤山芋，直到冬天吃不了。等到山芋坏了，起了烂点，人们的处理方法往往是给它削皮。削过皮的山芋刚开始呈乳白色，可转眼间就会变黑，咬上去有一股怪味，都说是药气，实际是霉烂。

几年前，我在贵州思南的长坝镇游石林，山边一农户正在切晒山芋片，他们称红薯，比我们规范。山里人家苦，大半年以红薯干为主食，那些我们看来绿色健康的粗粮，对他们来说是活命的口粮。

我们小时候也有人家储藏红薯片的吗？貌似有。大概是把它们混在秕谷、大麦中轧成粉，作喂猪的精饲料。因为要轧粉，红薯片晒得干透，我曾经在加工厂偷吃过，硬得硌牙。

上初中时，学校边上有一家粉丝加工厂。粉丝属于春节物资，平日里很少能吃到。荤汤里加一点白菜，下一把粉丝，粉丝吸足了荤汤中的鲜香，味道很赞的。搛粉丝要些技术，长长的粉丝卷在筷子上，手臂提到最高处依然不见尾，站起身再往高处提，拖汤带水，晃晃悠悠，过程比吃更好玩。

中午，我经常到工厂玩。一口口大缸，沉淀着乳白色的东西，那是淀粉。那边在做粉丝，一溜硕大的土灶安着三四口浴锅，或许比浴锅还大的巨型锅，锅口坐方形木屉，水汽蒸腾。工人拿大木桶舀淀粉糊，倒入木屉，一个慢慢倒，一个快速抖动木屉，淀粉糊漏出筛眼落入滚水，瞬间凝固为粉丝。工人移开木屉，双手操大笊篱把粉丝抄出来，放在箩筐中，接着重复下一轮工序。

另一间屋子里，水泥地铺满山芋，至少五六层样子吧，一个工人手持水龙冲刷，两个工人穿着高筒雨靴踩踏。这样清洗山芋，能洗干净吗？我看怕是连山芋皮表面那些坑坑洼洼里面的泥巴都不能保证洗净，更不要说其他了。

还有几位工人在粉碎山芋，清洗场过来的山芋，倒入硕大的斗，红色进去，变成白色的浆状物从底下出来。工厂转一圈，生产粉丝的大致流程我也基本了解了，清洗，打浆，沉淀，成型……就这么简单。我把流程说给父母听，他们恍然大悟，原来做粉丝与烫粉皮的原理是一样的。这几道工序构成一整套流水线，场所安排也很科学，清洗场靠近河边码头，往里依次是粉碎机、沉淀缸、大土灶，出后门是晒场。

晒场巧妙利用了水泥预制场的空间，架满钢丝，刚成型的粉丝垂挂在钢丝上沥干水，软耷耷的粉丝靠着重力自然伸直，稍干，摊在草苫或保养期预制楼板上晾晒，直到晒干。刚挂上去的粉丝不听话，随时可能滑落，或者断裂掉到地上。细看粉丝，不都是顺溜的一条直线，某些地方有一个黑色的结节，一定是泥土之类的脏物，碜得吐都来不及。到过工厂后，对粉丝兴趣大减。可不吃粉丝，有限的美食更有限了，依然得吃，只是对结节多了警惕。但见大家都在心无旁骛地吃着，可能确实是眼不见为净吧。

山芋粉丝粗且有些黑，绿豆粉丝细而白，略呈淡绿。临近寒假，母亲差我换粉丝，三斤绿豆换一斤绿豆粉丝，十斤山芋换一斤山芋粉丝，每斤成品贴加工费，两分还是几分钱，回忆不起了，反正很便宜。也可用现金买，每斤不过几角钱。百步无轻担，三四十斤山芋，三公里路程，沉甸甸背到工场，换回一扎粉丝。那些山芋都用报纸卷着柴草捆扎着，露出部分整齐白净，可打开就会发现里边尽是断头，还不干净。

　　女儿喜欢吃粉丝，孙女也喜欢，萌称面面。孩子搞不清粉丝与面条之异，就像成人不明白米线与粉丝。这愿望太容易满足了，只是眼下的粉丝质量可疑，劲道太足，煮不烂。传言粉丝中有什么凝固剂，就像奶制品中的三聚氰胺，白酒中的什么什么，听着怪吓人。

　　初中上学的地方，现在又是粉丝的产地。但不知现在的生产车间是不是还在那工厂，用着四十多年前的大缸大锅，沿用老员工的老工艺。可能现在都已经机械化生产了。

　　某个周末，好友小聚，阿力告知晚些过来，去采购粉丝。那天他迟到了半个多小时，说那家店生意很好，粉丝供不应求，排了好久队才买到。酒足饭饱，弟兄们每人获赠一盒粉丝，心满意足拎回家。回到家仔细看看，手里的粉丝包装精美，明显比记忆中的粉丝档次要高。一个长方形盒子里，粗黑的粉丝横排在透明袋子中，笔直齐整。底下一个小袋子中三个细白圈，一样大小。包装盒写着纯手工制作，还有厂址、电话。

　　那地方叫蒋巷。

秋　分

秋分前一天，吃到今年自家灶头上煮的头顿螃蟹。

要说，从"六月黄"开始，吃过不少回螃蟹了，不过都在饭店，不是正儿八经的整蟹。蟹着泥，毛豆子炖蟹，河鲜杂汤之类。半个半个切开的小毛蟹，没多少肉，图个鲜味而已。

小时候，稻田里螃蟹很多，农民下田干活时，脚踩得到，手摸得到。我们捉螃蟹大致有三种途径：一曰挖。盛夏，水渠里布满蟹洞，小手伸进去拽出来，或用铁丝钩出来，有时洞太深，手指够不着，用小铲子掘开泥土，手够不到再掘，水渠被我们挖的千疮百孔。二曰照。就是这个季节，螃蟹爬上稻穗头猛吃一阵，吃得膘肥体壮。灌浆后的水田开始搁田，仅有一些脚迹坑存一点水，走近细听有哗哗声，低头一看螃蟹趴在坑里吹着白沫。水渠里，螃蟹在干涸的淤泥里留下点点足迹，水草歪倒在薄薄的一层水中，它们大多藏匿在其间。三曰张。螃蟹从沟渠进入内河，凭着本能到望虞河，往长江洄游，那得十一月间。二十世纪八十年代，居然来不及和螃蟹打声招呼，它们就忽然绝迹了，从家常菜变成稀罕物。

有一个时期螃蟹奇贵，那时还没有养殖，捕捞量很少。一个螃蟹十元二十元，超过一天工资，一秋冬累计吃几只蟹成为炫耀资本。不管是哪种饭局，一上蟹，档次顿时提升，相当于现在吃澳洲龙虾。有一回在沙家浜吃请，螃蟹作为压轴菜，还每人一对。可众人肚子里早已塞满了其他菜肴，再无空间。宴席结束后多数人把螃蟹打包带走，我开着摩托车特意绕道老家。八点多了，母亲已睡下。我叫开门。母亲坐在床沿上吃螃蟹，边吃边说，几年没吃到螃蟹了，好吃！她不太会吃，乱嚼一番，还有不少肉留在壳里。

女儿带回的螃蟹十个一盒，对雌对雄，雌的三两，雄的四两，大致在中边尺寸。蟹脐已满，说明个头长足了，腿脚还不怎么结实，这个时节吃蟹有些浪费，差不起十天的膘。决定螃蟹价格的因素很多，论产地本地最好，阳澄湖大闸蟹尤佳，金毛白肚青壳，蟹肉带着隐隐的甜味。不过，你吃了那么多，即使它们脚上戴着防伪"戒指"，也未必吃过地道的阳澄湖大闸蟹。有些所谓的"阳澄湖大闸蟹"只不过是从别处拿来在这里续养一两月的，也有的是借这地界的名字出售而已，说不好它昨天还在苏北哪个蟹塘呢。论养殖环境，水质及放养密度成就品质，因此湖蟹最好，河蟹次之，塘蟹最差。毛蟹、小边、中边、大边、外贸的叫法代表个体分量，大致以半两为一个等级，等级间价格呈几何级增长。难怪呢，一池同时放养的蟹苗，生长期相当，食料一样，有几只能出类拔萃到中边大边的规格，更甭说外贸级。家常开伙，小边够了，母的二两，公的三两，每斤五十元以下，亲民，实惠。

小时候不把蟹当什么，现在同样不当什么，随它个头多大，绝不稀罕。所以，酒席上能不吃尽量不吃，硬要分配给我就带回家给老婆孩子吃。

女儿带回螃蟹这天，丈母娘也来了。中午煮了五只蟹，我照例不吃，妻子女儿各吃一个，再分一个，孙女只会吃蟹腿，两端咬开，蘸上蟹醋，用力一嘬，挺麻利的，嘬出完整一条肉欣喜炫耀，嘬不出来难过，吃都当儿戏了。丈母娘喜欢河鲜活食，只是稍微有些咳嗽，想吃又怕加重，犹豫再三，我们不敢劝她吃。她老咳嗽，一年至少咳半年，这个季节好发。去年这个时候，也是女儿带回了螃蟹，她说可惜没福气吃，明年应该可以吃了。今年依然没福气。留下的两个推来推去，都吃不下了。剩下五只送我母亲家，她去看望外婆了，什么时候回来，能否吃到，我不去操心。

据说蟹属寒性，而且大寒。这个寒是中医理论，与狗肉羊肉的热性相对，也可以相抵。蟹寒我不曾体会过，那些一顿能吃五六只的食客大概没多少不舒服，否则哪敢频频饕餮并乐此不疲晒幸福。羊肉的热性我倒是体验过，去年连吃几日羊肉，可能羊血汤吃多了导致内热，上嘴唇起泡，鼻孔流血。

寒与热在同一季上市，又是大自然的奇妙搭配。

练塘镇上有四五家羊门堂，一律号称藏书羊肉。有几家从不去，只走两家。陈记羊庄以前开在马路对面一户人家，味道略逊于柳记羊庄，但停车方便，早晨吃羊肉面的食客蛮多。晚上经常摆一两桌，就图这家有大圆桌。走熟的羊庄就那么几家，好多人不记名号，只记位置。陈记那里房基比马路低一截，下马路一片斜坡通向门面。同伴一直唤那里叫低凹里，唤柳记叫北街或眼镜。

今年，柳记翻建房屋，陈记也租到北街，与柳记隔两家门面。陈记开门比往年提早了一个月，其时还在盛夏，食客以早晨吃面为主，只有我等几位吃过大餐，还搭配冰啤酒。柳记开门后，两家对比赫然。这边恨不得排队，那边冷冷清清。一样的白切羊肉，一样的羊排火锅，舌尖的感受却不在一个档次，这边的肉紧致鲜洁，那边白生生的似冰羊肉。无关藏书羊肉名号的真伪，两家夫妻都一口好听的吴侬软语。陈白净帅气，矮胖的陈妻老实木讷，始终一个表情，始终没一句多余话；柳如书生戴着眼镜，老板娘会敷衍，天南海北跟你唠，临走不忘笑盈盈招呼慢走。

以前两家不开一起，想去哪里是哪里。如今颇有些犯难，三五人前呼后应，手里提着酒从菜市场拐过去，远处目光递过来了。这家眼巴巴看着我们进了那家，我等目不斜视，只能当没看见。有人说，我的钱我做主，想吃哪家吃哪家。群友都心软，心软的人有恻隐之心，偶尔照顾一次那边吧，吃过便懊恼。有一回，建新开Q7过来，恰巧停在陈记门口，他宽慰道，下回啊，下回来吃你的。有人在群里问，羊？得空的纷纷响应，能凑起五人以上基本不会黄。做东的群友，每每首选柳记，把建新的承诺一次次延期。有一回预定柳记，老板娘按吩咐买回鲫鱼及河虾，可因我们人多店里坐不下，只好改约到了地主饭店。众人不好意思回绝老板，建新特地上门打招呼，买了百多元羊肉以示补过。两口子依然热情，没一句难听话，愣是让你找不到茬。

　　柳记在楼上辟了一间雅室，环境好，桌子大，居然还能从后门进出。怎么想到我们心里了？以后，再不用做贼似的躲躲闪闪，堂而皇之直入后门。有一回，小殷招待市里领导，按说私宴无妨，何况羊庄解个馋，但依然需低调，特地关照我订楼上。那日楼下未满座，老板娘亲自张罗，咚咚咚跑上跑下，毫无怨言。那日沈教授酒兴高涨，把小殷备的酒吃空。领导又从车里拿了好酒，贡献出来共享。沈教授下楼踉踉跄跄，还是建平把他送回住地。

　　以前写过一篇小文《吃羊汤》，还登过市报。文中写到羊肉单价从六十涨到七十，这是五六年前的行情。羊肉年涨幅大致十元，前年突破百元，一直保持到今年。食客与季节的约会雷打不动，稍微贵一点无所谓，上羊庄总比饭店便宜。光吃羊肉过于单调，炒盘花生，炒两个蔬菜，再弄点鱼虾。虾直接下在羊汤里，鱼必须红烧，最好是一斤四条的野生鲫鱼，肉鲜而紧，虽细骨多，可有自小练就的舌上功夫，却也不在话下。

　　羊肉与黄酒是绝配，黄酒绵里藏劲，与羊汤互相稀释恰好；白酒性烈，加羊肉的大热火上浇油；红酒是优雅物，感觉与土里土气的羊庄不甚匹配。其实用羊肉搭配红酒也不是不可以，谁这么讲究呢？建新抵押回两百箱红酒，还是12瓶装的大箱，每位兄弟拿一箱两箱，这里那里饭店寄放着几箱。场所多了谁记得呢，建新不记得，同伴更不记得，但老板应该记得的。老板说没了就是没了，老板娘说回头给谁谁喝了就是给谁谁喝了，建新从来不较真，反正他的Q7后备箱一直备着酒。

羊肉的热与螃蟹的寒可以相互抵消，但我们喝羊汤，难得搭配一回螃蟹，同等价值，我依然觉得吃螃蟹最不划算。

柿子熟了，据说柿子与螃蟹是死对头，两者同食会造成柿子石沉积胃部，导致消化不良。柿子石是什么东西，水果能变石头，还沉积，听上去有点吓人。虽说无知者无畏，可人家言之凿凿，也就没胆量尝试了。妻子经常在两者下肚间隔半日后问我，能吃了吗？我又不是中医，也非伪科学崇拜者，怎能知道可否。所以我的答案总是模棱两可，应该大概之类敷衍，她明知问了也是白问，只不过通过求证减少些许疑虑。有人说几十年前就辟谣，没这么回事。

柿子树好种易活，柿子也非高级水果。可我们小时候，为什么没人家种呢？农民都讲个实惠，屋前屋后，旱地祖坟，所有能种树的地方，一概种植成材的树种，指望着造房子、打家具，最不抵也能做根扁担。

一小伙伴家的屋背后有棵柿子树，可能是野生的，一直不见蹿高。尽管结的柿子特别少，全家还是当宝贝一样护着，恨不得拴个猢狲看管。为了防备馋嘴孩子偷摘，柿子还没发红便统统拿下，放在棉絮中焐熟。小伙伴书包里每天带着一个棉絮包裹的柿子，捂着手炫耀，又不轻易示人，私下给你看慢慢变红的表皮，证明关系非同一般，他吊着你胃口，吊得你没了等待的兴趣。其实等也是白等，你猜想这几日差不多熟了，却感觉他成心远离你，怕你讨要。

现在，哪个季节吃不到水果？车厘子比一般水果贵百多元，食客买起来照样眼不眨气不喘。两三元一斤的柿子等于白送，整整齐齐排在筐里，问津者却极少。农家屋边，河畔野地，野生的家养的柿子树多得是，摘都懒得摘。

学校办公楼前就有两棵柿子树，看品种和扎根位置，不像人工栽种。柿子起先藏在茂密的枝叶间，等树叶凋落，就都露出来了。野柿也叫油柿，外皮一层黑黏的油腻不知来自哪里，脏兮兮的，拖拉着不肯成熟，这时节依然青涩，再过一月才会稍许发黄。手感硬绝对不可食，没一点甜味，涩得合不拢嘴。得放一阵子，等软和了，青涩的火气褪尽，内部黄透，吃起来不仅醇甜，还带一丝无以言说的野性，口感远胜家柿。尽管核多肉少，那种片状果肉与无核家柿不可比，依然觉得好吃。

柿树长到三层楼高，低处被灌木遮阳，果实小而稀少，愈往高处果实愈丰，但很难采摘。用竹子打，柿子落地摔烂，伸手能接住的不到三分之一。有人在竹端弄了一个网兜套，这下成功率很高。套柿子的最佳位置在二楼和三楼间的玻璃幕墙，可幕墙是全封闭的，柿子隔着一层玻璃在枝头晃荡，却拿它们没办法。直至霜降，光秃秃的树顶依然有三五十只柿子在寒风中晃悠。经霜的柿子不可多得，据说是治疗老毛病的偏方。直到来年新叶萌发，它们干缩为黑黑的一团。我搞不懂，这么美味的食物，鸟为什么不贪吃？哦，鸟大概没有味觉，总以色彩的艳丽为首选。鸟们喜欢啄食枇杷、葡萄，还有樟树上那种天知道什么味道的紫红色小果子。我家门口有一丛无花果树，枝条低矮长满果实，不管果子长在向阳还是背阳，稍微发黄就被鸟啄坏，这家伙记忆力极好，今天啄了明天接着啄，最终啄到只剩一个花柄。

大概前年吧，我回老家探望母亲，从自留地一路兜回来，巧遇表兄在院子里摘柿子。表兄家围墙超大，墙内种着好几种柿子树，南边的低矮，东面的高大。表兄架着一把梯子，身子钻在树枝中摘，他儿子一手扶梯子一手托着竹篮接。看上去有些吃力、不稳。我主动帮忙扶梯子，表侄腾出两手托篮子，这就显得稳当多了。挑透红的摘，篮子满了转到淘箩里，不一会儿柿子便装满了一淘箩加几篮子。表兄说剩下的等熟些再摘，收了梯子，把柿子搬进屋。

回到母亲那里，母亲问有没有拿几只柿子，我说没有。她说你不要还是没给，我说没给。母亲说太小气了吧，你帮了他大半天，一个柿子不肯给。母亲不说，我没觉得啥，因为我基本不吃水果，对柿子更无兴趣。表兄真想给，我未必会拿。但是，摘了那么多，树上还不知有多少，就算我没帮他什么，就算不是亲戚，哈，真无语了。

母亲记着这事，在我面前提过好几回，估计少不了邻里间宣传。姑妈与姑父生病，我们兄弟俩一次不落探望，逢年过节断不了拎点礼品。而作为母亲外甥的表兄，却从来不曾向我们表示过什么，连一颗糖果都没有，母亲一直对我们的单向付出耿耿于怀，虽无明确阻拦，内心极不愿意我们兄弟把钱花在暗处。我劝过母亲，他是他的良心，我是我的良心。这次以后，我的内心也微妙地改变，再未探望过鳏居的姑父。

我测算过表兄家的收获，十几棵柿树至少有三百斤。柿子放不长，那么多，能当饭吃，还是拿到街上卖，还是加工成柿饼储存着慢慢吃？今年看到，表哥家柿树愈发高大，想必收获更多，也没见吃不了倒在田里。

我真是咸吃萝卜淡操心了。

寒 露

　　蔬菜家族中，我最爱茭白。每到这阶段，翘首盼寒露。寒露茭上市，作为一年中最后收获的一茬茭白，其长相其滋味美得无以言说。

　　我小时候，茭白总是种在河边浅水滩。河是公共水域，河岸靠近谁家，这个地段就归谁家使用。这是约定俗成的规矩，不见得有人会把茭白插到别人家门口吧。有的农家地处村子中心，只得开辟村外无主的野河浜种茭白，占上了，这一段河滩归他。很难想象，哪家没几墩茭白，在吃茭白的季节，哪还用吃什么别的蔬菜。

　　我家屋后，竹园边就是小河浜，不足半亩，很迷你的，西边还有一个河浜，有两亩多，两个河浜隔一条田埂，由涵管连着。大些的河浜水岸被眼疾手快的人占领，靠近我家的河浜，北岸也被邻居抢占，因为岸头是他家自留地，东边一条过水沟也被他家占领。稻田里的水渗入河浜，由水沟流向低田，水沟不深不浅，大半年流水不绝，种茭白合适。

每到三月，隔年茭白墩开始蹿出新芽叶，父亲挽着裤管，赤脚下到河滩里，用锋利的铁锹把它们统统挖起来，挑雌性茭白草分株，重新种回河滩，乍一看似乎多余，种过茭白的都知道，这步工序必不可少。茭白每年都要移栽，否则来年长出的都变成灰心。那时候，农民还不知道，茭白可以收获两季，而且秋茭品质远胜于春茭，不过立秋前需要再次分株移栽。

偶尔读到两句古诗："茫茫菰草如平地，渺渺长堤曲似城。"诗中的菰草就是茭白，一直都不知道茭白还有这么一个好听的名字。它描绘的景色气势恢宏，貌似江湖边成片的野茭白。我见过专为种植茭白而建造的大片似田、似河的浅水区域，水深一尺，水底平坦。如果一年仅收获一季，岂不是浪费了？为了最大限度利用资源，菜农们恨不得让茭白像月季花一样月月收获，那才好呢。

北菜场是自由市场，过道里席地放着大大小小的脚盆，小鲫鱼、昂刺鱼、穿条鱼、小龙虾、河虾、黄鳝……都是用网簖或用电捕来的，而且只要不是从鱼塘抓来的，那就都号称野生鱼。小鱼可以论斤买，也可以论盆买，二两左右的四五条，一两左右的十来条，从大盆拨到小盆，放一薄层水，鱼噼里啪啦乱跳，才卖十元。你看卖鱼的随便拣几条，其实心里有数，顾客执意过秤，也是那个量，可能多小半两，或者秤杆稍翘。每有顾客讨价还价，卖鱼的迅速从大盆抓一条放进小盆，说饶一条可以了吧？待顾客点头，卖鱼的问要拣吗？拣鱼就是杀鱼。杀小鱼用小刀子，很凑手，几条小鱼三下两下收拾完。

要不要野生蟹？卖鱼的指着网袋里黑兮兮的小河蟹问。他开的价真便宜，一袋子才要十元，大些的十五元。从背面的脐看，小河蟹已经长足，本来属于长不大的毛蟹。这么小，怕是用尽力气都吃不到肉，就算个体大些的野生河蟹也没有肉。老吃客都知道，野生河蟹远无养殖蟹肥壮。

卖蔬菜的老头老太，都有固定地盘，他们天天交管理费，虽一元两元不多，但交了就可以理直气壮把侵略者赶走。寒露茭一上市，过季茭白贱得等于白送。两种茭白摆在一起，不常买菜的生客都能一眼看出优劣来。这边粗粗细细歪歪扭扭，表皮发青，顾客懒得看一眼；那边白嫩嫩滑溜溜，三五位顾客不等老头剥出来，连价格都顾不上问，就抢到了手里，不用挑挑拣拣，随手抓一把，个个有模有样。

这是一年中最晚上市的茭白。每年这个时候只有一个老头独家经营，他总是咬着一支香烟，边抽烟边剥茭白，似乎有抽不完的烟，剥不完的茭白。他从不叫卖，也不扎捆，你自选了往电子秤上一放，他指指二维码，让你付款，也收现钞。滴的一声，小喇叭报"微信收款 x 元"。今年来了个胖女人，微信账号"胖妞"，我问她是不是老头女儿，她说不是一家。胖妞的茭白长得粗短，上市更晚，开始时天天卖，以后隔日一次，最后几天来一次。她几次预告这是最后一茬了，过几天又看到她来了，只是茭白愈发小而嫩，直到 11 月下旬，秋茭白变成冬茭白了。

蒸茭白是传统吃法。用刀面把茭白拍软，架于饭锅里蒸架上，不费一点电，饭熟茭白也熟了，待冷却了把它切成丁，用热菜油、细盐、鲜酱油一拌，和儿时的风味一模一样。有条件的话滴一滴麻油，味道会更香。但千万别放蒜，热油响过的蒜瓣在蒸茄子里香，与茭白搭配却有怪怪的臭。茭白炒肉丝当然是好搭配，猪肉是百搭，几乎所有蔬菜都不拒。荤素搭配的绝佳当数茭白丝摊蛋，茭白细细切成丝，调和在蛋汁中，热油锅煎至两面发黄，略加水烧滚，稍焖片刻就可出锅。鲜嫩的蛋皮辅之茭白丝，恰到好处的咬劲令舌齿间妙不可言。茭白炒河虾不错，小虾更佳，在热油镬中翻炒完，撒一把葱花，红白相间几点绿，视觉首先享受，热气中闻到鲜香。

素素组合当数茭白炒毛豆子，必须要用"大扁毛"必须要把茭白切成滚刀块，切了片便不是那味了，不信你试试。既为炒素，就不能用荤油和色拉油，小榨油机榨的菜籽油是最佳选择。炒的时候要多放些水猛火煮，慢火焖烂的蔬菜色感口感都打折扣。市里得意楼蒸菜馆也有茭白炒毛豆子，豆子依然绿莹莹，茭白依然白生生，看相不错，口感却一般，为啥大厨手艺远不如我母亲？用的色拉油。

乡下人不懂毛豆品种，按成熟期粗分早中晚。早毛豆仅抢个早，豆萁硬直，豆荚都长在主枝上，颗粒浑圆饱满，成熟后黄豆做豆腐合适，但毛豆籽粳性重，煮不烂。中毛豆颗粒大些，豆衣及毛豆外皮略带淡亮的紫色，煮熟后呈暗褐色，连汤都呈褐色。大毛豆绿得纯真，如轻轻压扁的椭圆形，即使成熟为黄豆，依然为淡绿色，摊晒在砖场，身形稳定，不像浑圆的小毛豆骨碌碌四处滚。

母亲出工前经常唤我放学后去某处某条田埂折几枝毛豆，究竟几枝？她说三五枝。我不偏不倚折四枝，还把豆荚采摘下来，剥了一大碗。平日里，母亲难得说我一句好，我超前完工总不至于不满意吧？她还真对我干的活不满意，让我挨了一顿骂。她说我偷懒，折回家的不是晚毛豆。那条田埂两边的水田分属我和邻居家，田埂两侧也分属两家，两家毛豆互不相让各自蓬勃，窄窄的田埂难于落脚。我贪图方便，就在这一端随便折了四枝，谁知道不一样呢。黄昏，母亲重新折回毛豆，晚饭后在灯下剥。母亲说采豆荚是浪费时间，直接在豆萁上剥，从根部开始，一枝枝分枝，一荚荚豆荚摸过去，瞎子也不会遗漏。我才发现，大毛豆的豆荚不一样，豆萁也不一样，分枝呈藤状，豆荚都长在分枝上。如果你不留意，未必明白它们的细微差别。

想起小时候炖毛豆籽，嘴里依然滋出口水，可想而知那是怎样一种鲜美。大半锅水烧开，舀一勺半泡猪食，半勺冲在毛豆籽碗里，拍下半筲箕米，目测水位正好，放蒸架，坐上毛豆籽碗，碗内滴半匙生油，放几颗粗盐，一调羹酱油。饭熟，毛豆籽炖透，淡红汤液溢起细小的气泡，液面飘着点点油花，菜油酱油及毛豆籽的清香融合在一缕淡淡的水汽中，豆衣贴着碗壁，似刻意装点的一朵朵小花，勾起我的食欲。

难以想象，就凭几十颗毛豆籽，外加一碗酱油汤，一家人就能消灭半锅米饭。

每年吃上第一茬大毛豆，妻子便怀念儿时的炖毛豆籽，她的怀旧情结远甚于我。这个要求太容易满足了，我如法炮制炖一碗，她摇头说怎么不好吃呢，既无鲜味，且油腻。先前的美食，如今沦落到这个程度，个中缘由，无须赘述。

若论口味，毛豆籽烧萝卜最独特。选菜萝卜，这下要切成萝卜丝，不要发挥你的刀功，易粗不宜细，差不多与毛豆籽同时煮到半烂。生萝卜天然的辛辣被高温驯化，萝卜素与毛豆中的蛋白质相互作用，所有蔬菜搭配都不具备这种独特的味道，只有舌面挑剔的味蕾才能发现。

这个季节绿叶菜没怎么长大，菠菜如马兰草大小，大蒜细得像韭菜，舍不得多吃，在它长得稠密的地方割出一绺，尝个时鲜就好了。

说到萝卜，又能展开一个话题。萝卜品种本来不多，论颜色有胡萝卜、青萝卜、红萝卜、白萝卜。别看当下把胡萝卜抬得那么神，过去大多被用来做猪饲料，青萝卜红萝卜适宜腌制萝卜干，平时上灶的独数白萝卜。白萝卜也有大萝卜与菜萝卜之分。大萝卜长成一斤两斤，时间长着呢。菜萝卜反正长不大，半筷子长，四五根才够一碗。菜萝卜的妙处不在萝卜，萝卜缨子才是主产品，菜梗与叶片细密，生腌凉拌几乎是唯一的吃法。入口有淡淡的苦味，又夹杂一丝丝甜味，甜得隐隐约约，苦得恰到好处，或许还有些许的辣味，反正，不是规规矩矩的绿叶菜味道。估计只有味觉特别敏感的食客才能辨出。有人不喜，有人嗜好，反正我每次必点，每点必最先清盘。

沈教授送来几袋新米，放在会长家。这节令，普通稻子还竖在田里，抄在时令之前的稻米显得金贵。这米还不普通，有个不怎么雅致的俗名，鸭米。

鸭稻就种在罗墩，发现良渚文化高台墓葬的周边区域。

一个多月前，无意间走过一片稻田，这片稻子比较瘦弱，穗头小稀，谷粒稀且小。一丛丛稗草高过稻子，地上匍匐着水花生、马绊草等杂草。谁家的田种成这样，是懒，还是长期在外务工而疏于管理？稻子长成这个样子，能收多少？恐怕连化肥农药的成本都种不出。

牧羊回家的农妇告诉我，这是农场的试验田。

试验田种成这个样子？我将信将疑。一般意义的试验田，如婴儿百般呵护，施肥，用药，播种，田间管理不知比普通粮田上心多少倍，那都是为了最大限度提高产量。有报道超级水稻亩产达到1149公斤，一般农户当然远远达不到这个水准。

这是种试验田吗？同样存疑的不只我一个，而且都是周边地道的农民。如今种田，不用化肥、农药能收到稻子？自从用上化肥，追肥效益立竿见影；农药对付病虫害，丰收有了保障；尤其是除草剂的使用，使得农田除草快捷，大量减轻人工劳动，除草剂一喷，杂草枯萎，它像长着眼睛，专挑杂草过不去，稻麦安然无恙。农民的潜意识中，杀虫药有毒，杀草的药不毒。农妇把羊拴在这里，羊在意草丰茂，而人还在意羊吃得安全。她还告诉我，起初田里还请人拔草，开始灌浆后不管了，否则，真的颗粒无收。

沈教授给的大米，其中两袋十斤装，一袋五斤装。他说，五斤装的是"鸭米"，口感肯定好。正怪异怎么弄这么个小包装，一大家子吃不上两天。方明说，这一小袋的价值抵得上那两包、绿色、有机、安全，懂不？

两种米，外包装一模一样，只是小袋子背面贴了一纸说明，无非说培育过程不使用化肥、农药，使用纯有机肥。两种米，种子都是"南粳46"。细细比较，米粒不一样。"鸭米"稍微白一些，但颗粒小，碎米多，远无普通米饱满，也就是说单凭肉眼，品相不如普通米。

这两种米对比着吃，就吃出品质了。普通米也很不错，煮饭时即有米饭固有的香气逸出，入口糯糯的。从慢慢变陈的隔年米突然变成新米，口鼻肠胃无比舒适。"鸭米"似乎更香一些，口感也更好一些。说"似乎"，因为其中的对比不怎么明显，若有若无，可能期望过度。朋友问尝了没有，感觉怎样？当他知道我用半袋"鸭米"煮了整锅饭。大呼浪费，提议煮粥试试。

次日，我用大约六两"鸭米"煮了半锅粥。真的不一样！开锅不久，液面就结了一层膜，粥油可是好东西。听闻大病初愈之体，不适合大补，以粥汤温补，身体可以日复一日康复。一位老中医说，这得归功于粥油，表皮薄薄的一层膜，竟然有着神奇的药效。

米粒化开沉在锅底，用勺子搅一下，米花均匀地分散开，粥汤黏稠，入口之后，隐隐的异香通过味蕾传递到五脏六腑。不知你是否有同感，嗅觉感知的香浅表，而口舌感知的香才是真正的香，香到骨子里。所谓吃得香，是不是就有这层意思？

有次酒桌上谈起鸡蛋，朋友说，什么什么鸡蛋都是糊弄人的，其实所有鸡蛋营养差不多。沈教授表示严重反对，他从事生态农业，说口感也是品质的一部分，我们已走过果腹或者营养的初级阶段，现在人们讲究口感，无公害。朋友质疑，1斤米20元，有市场吗？

怎么没有？沈教授充满自信。去年试种产量少，几乎没怎么宣传，就有人慕名而至，先买一点尝尝，觉得好回头再买，已经售完。今年稻子还在地里便有人预订，最多的一下订了500斤。由于连续阴雨，收割比往年推迟了好多天。等待中的客户不时询问，盼着新米上市。高端与普通，构成不同层次的市场需求，不要说20元，几十上百元一斤的米也不乏消费群体。

小时候，总盼着新米起场。那时种双季稻，前季稻都是籼米，口感不怎么好，交公粮留下的大多做猪饲料。后季稻品质好，单季稻生长期长，品质更好，多留作口粮。

第一天吃新米不亚于过节。掀开锅盖，晶莹而玲珑的饭粒如被巧手整齐铺排在锅中。半年的天地精华，辛苦劳作浓缩在米粒中，一碗饭，不搛一筷菜，三下五去二。母亲常说，吃新米不划算，每天要比平时多淘半升米。所以她只让全家尝个鲜，次日又换了陈米。二者一对比，陈米简直难以下咽。

好端端的新米，她偏偏让它变成虫蛀气味的陈米再吃，不好吃就吃得少，就能节省。

农家都养几只鸡鸭，鸡不但啄食嫩叶，也在田埂上昂着头"钓稻穗"。鸭子受农家欢迎，它们在稻垄间游弋，吃掉害虫，清除杂草，留下排泄物。隔一阵子，放鸭手赶着大群的鸭子，浩浩荡荡开赴稻田。来一次，等于追了一次肥。那时候我们吃的才是真正的"鸭米"。

稻鸭共作，鱼鸭共作……都不是什么创新，而是返璞归真，米也因此更有米的味道。

同伴问，吃过"鸭米"地里的鸭子吗？沈教授说，实话我也没吃过。见过吗？当然。这帮子人得寸进尺，提出弄几只来尝尝。沈教授说，你们自个去抓，谁抓住算谁的。鸭肉是好东西，鸭汤大补！沈教授一说，我们几个蠢蠢欲动，恨不得明日就是周末。当时头脑发热，酒醒后觉得贸然前去无甚把握，颗粒无收被人笑话。私下联系农田管理员，对方说只闻鸭声不见踪影，它们尽在田里跑，夜里不归巢，也根本没有巢。还说试试看，等喂食时能不能抓几只，抓了通知我。等了一个多星期，杳无音信。建平说，鸭稻大面积收割后，鸭子无处藏身，一只都找不到。庄户人家的鸭子天天归巢，即便游弋到外塘，黄昏时懂得回家，认得回家的水路陆路，听从主人"溜溜"的呼唤。而这些鸭子从放入稻田起，从不收管，跟野鸭差不多。失去稻子的庇护，它们或者逃亡，或者被周边一直觊觎的农民偷猎，或者葬身黄鼠狼之类的伶牙俐齿。

可能会有失落在田间的傻鸭子，谁知道呢。

霜　降

　　黄昏，我在小区后面村道上暴走，农历月底俗称"暗星夜"，天空深邃光影稀薄而懒散，若无周边村庄及远处苏虞张路稀稀拉拉的光点，不亚于儿时伸手不见五指形容的暗。背后有一束光跟上来，从移动的速度及声响判断，不是汽车，也不像电瓶自行车，它吱吱嘎嘎越过我，似乎是一辆改装的电瓶三轮，两束光从顶棚斜照到地上，拖着吱吱嘎嘎的一团黑影悠悠前行，车过瞬间，周边愈发灰暗了。

　　水泥路泛着依稀的白，不远处，一团黑影横穿路面，从速度上判断，绝非敏捷的黄鼠狼野猫之类。难不成是刺猬？疾行几步过去，黑影停在路边黑魆魆的毛豆秸下，打开手机电筒，真是一只小刺猬，脚一拨，它缩成一团刺球。

　　一阵扑扑声突然在水沟边跃起，是一只大鸟，扇动翅膀的速度不似麻雀般敏捷，大概有家鸽大小，是斑鸠，或者是鹁鸪。与本地常见的麻雀相比，斑鸠算大鸟了，估计翼翅沾了夜露，它的起飞明显缓慢，几乎贴着地面，似乎跌跌撞撞碰到了稻穗，往村子那端星星点点的亮处飞去，中途又回旋过来，停歇在电线上。夜色里，几痕电线依稀，大鸟影子依稀，定格在一点，留下一个寂寥的黑影。突然想起鸠占鹊巢这词，斑鸠自己不做巢穴的，大概没抢到别的鸟巢，饱食稻粒后随便找了一处地方歇夜。远处轰鸣的收割机居然没有把大鸟吓跑，它安立于电线，大概准备在此过夜了。

村道另一边，大片稻子已经收走，稻茬子留得很长，歇工的收割机停在田角，空气中弥漫柴草的清香。这个周六会长家办宝宝宴，租不到场子，计划在屋后这块田里搭"蒙古包"。本来镇上有两三处供出租办宴席的场所，可那天正逢吉日，位置早就被订光了。

进入十月，大家扎堆办喜宴，一般都选周六作正日，上一天"落作"，后一天收拾。搭屋工人明天进场，会长在家打麻将依然不安心，一连打电话催问。半夜麻将结束，踏着自行车去现场查看，看到稻子放倒了才放心回家睡觉。

所谓蒙古包，无论外形与色彩，与那种圆形尖顶的真正蒙古包相去甚远，称喜棚更合适。

先前，农家办酒都摆在自家，酒席多放不下，借邻居家发几桌。一早，帮忙的邻居陆续报到，顺带把自家桌凳搬过来，男的家家户户去借桌凳，女的帮着择菜洗菜。亲戚加邻居，一般就办十几二十来桌，满三十桌的算大户人家了。酒宴大多有头席二席，甚至还有第三席的。头席从三四点便准备，吃一个多小时，撤去剩菜，洗净碗碟，第二席开始已经六点了。菜不怎么丰盛，排场不怎么铺张，家家差不多。后来，交往圈子大了，亲戚依然那么几家，邻居依然那么多，朋友与同事愈发增加，一场宴席有五六十桌也就很常见了，而且菜品丰富，持续时间长。头席二席合并一席，排场恢宏。

木屋顺应时代的需求。十几米长，四五米宽，场地允许的两幢三幢连在一起，或并在一起；场地逼仄，东一幢西一幢。桌凳随木屋一起出租，一套里面有圆桌或方桌，独座方凳，样子齐整。木屋很是兴了一阵子，但后来人们的兴趣慢慢也就淡了。首先是逼仄，过道小桌子挤，其次不够气派，木板本色不够喜庆。

两年前冬天，会长儿子结婚时，也租用了蒙古包。那次的蒙古包是用钢骨架与帆布搭建的硕大长方形建筑，整个看起来像剧院一样，外部是鲜艳的红色，内部不乏豪华，穹顶波浪式下垂粉色布幔，两侧整齐的窗户装饰着纱幔。五排桌子，每排十二张，过道宽敞，地板铺红地毯，前后还留着很大的空地，可以搭建舞台，如果不够还可拼接。桌子都是大圆桌，玻璃转台面，大红色的桌布，靠背椅着大红色凳套。陈设似大酒店格局，给人喜气、豪华的感觉。

小区里王家上周刚办过儿子婚宴。王老板要面子，酒宴办得丰盛扎实，大龙虾是正宗的澳龙，光这一个菜，抵得上普通人家大半桌的开销。会长办宝宝宴，似可以马虎些，但会长也极要面子，办得比一般人家的婚宴讲究。冷菜盆上齐，中间放一只卡式炉，锅里是配足调料的小海鲜，洋葱铺底，整齐排列着斑节虾、黄鱼、鲳鳊鱼。但等茶担送来筷子，即宣告开席，点亮卡式炉，并一一关照只需烧十分钟。几十台卡式炉一齐点亮，水汽咕嘟咕嘟推着锅盖，桌面上热气腾腾，似乎众人的食欲和酒兴一起被点亮了。

我等坐在靠门口的位置，窗外，落日的余晖铺满稻田，站着的稻子触手可及。来的路上，孙女问隔壁的沈老师，田里长的是"米米"吗？沈老师说，是稻子，稻壳里包着米。老辈把酒话丰收的景象不复存在，难得如此亲近稻米，不免多聊几句，今年没有飓风把稻吹倒，扬花时节天气晴好，风调雨顺，丰收已成定局。虽然现在年景收成跟我们已无多大关联，但庄稼丰收总是好事，我等都是农民，骨子里依然流淌农民意识，丰收的喜悦依然触动人心。

孙女没心思安坐，跟玩伴嬉闹着满场子跑，从她母亲那桌跑到这边，从棚子拉链口钻出去又钻进来，一会儿跑到远处。我坐在那里，视线跟着她们小小的身影，见她在过道处左顾右盼，大概在寻找她妈妈在哪。那日王老板家散席，她突然无影，妻急得直叫唤，怕她被人流裹挟出去了，女儿女婿里里外外找，最终发现她在T台边捡鲜花。她对发生在我们身上的焦急一无所知，举着一束花，笑容灿烂。偏巧那天酒席上，几位正好收到一段视频，有一位奶奶带孩子去菜场买菜，栏杆挡着进不去，粗心的奶奶将孩子连同童车放在门口，结果孩子不见了。老妇举着手机，滚在地上呼天抢地哭叫。事发哪里无所谓，哪里都可能发生。

酒就那么喝着，菜碟子一层层叠上去，冷盆热炒蒸菜点心，有的还没尝一口，甚至没看清就被碗碟盖住，最后一只锡纸包着的烤羊腿，只打开看了一下，没人动筷子。每次酒宴，都是口舌与肠胃的较量，食欲与健康的冲突，起初口舌占了上风，最终肚子抗拒。

每人一包硬中华，桌上两包软中华。白酒红酒黄酒啤酒齐全，白酒打头，差了不行，上茅台五粮液的凤毛麟角，"水井坊""四开国缘"不算奢侈，差于二三百的"柔雅国缘""小水井"上不得台面了。三天下来，烟酒钱占大半。经济富裕的尚且扬言办不起酒席，条件一般般的，拮据的干脆不说啥了，方方面面减档次，往实惠靠。

会长再三吩咐，小区邻居及弟兄们连吃三天，落作那天便十桌，正日六十桌，最后一天吃"倒冻"，又是十多桌。这么个吃法，在有钱人圈子已成为时尚。妻说歪日都十几桌，小家小户弄不起。弟兄们最喜欢吃落作，鱼头鱼尾鸡头鸡爪肉骨头之类的边角料最好吃，且食材新鲜。第二日当然丰盛，可太闹了，一顿酒两三个小时，一直被哄哄声包裹着，耳边无一刻清静。把落脚菜说成倒冻，发明者好有才，"倒"表示来源与过程，冷盆热炒荤荤素素甜的咸的从桌上收下来，一股脑儿并到一起，此谓"倒"。"冻"是说以前办酒宴都在春节，菜冻在一起很自然。远远瞅见临时搭建的厨房人影绰绰，码到一人高的屉笼热气腾腾。建平说，吃倒冻就图这热乎劲。大碗大碗端出来，扁尖老鸭煲拼拼凑凑越烫越过瘾。上汤肉皮鲜而入味，白菜底子少了些。鸽蛋炖全鸽，似乎昨天没吃到。烤羊腿剔了腿骨去了锡纸包装，撒上五香粉，几乎闻不到膻味。回煮的大闸蟹肉有些柴，蟹膏依然肥腻。回烧的扎肉比昨日更好吃，精选的五花肉，切成方块，以丝草十字捆扎，小火慢炖，整体淡酱色，肥肉精肉一层层相间，素食者见了都有冲动。会长说，这季节肉价贵，厨师刀下留情，肉块个头大大收缩，有点不好意思。

吃倒冻最热闹，除了至亲，都是走得近的好友。有的本来一个圈子，隔壁圈子也都多有交错，至少脸熟，这里那里饭局上碰到，世界实在小。会长说，这天的吞吐量不输上一日，他说的是酒。开过盖的残酒瓶统统找出来，"瓶脚"有多有少，有的基本满瓶，有的只够一杯半杯。论杯不论瓶，计量公平，童叟无欺。

在会长家吃酒，隔壁桌上正谈论菊展。这几日，微信朋友圈中频率最高的当数"菊展"，妻子的"幸福五家"微信群中，老瞿盛邀其他老姐妹参观菊展，说周日人太挤，退休人员不必去凑这个热闹，这前后半个月正合适，菊花全部绽放了，再过些时日便谢了。菊展的主办方是农科所，老瞿爱人老许就在那里工作，退休前是单位一把手，所以她对展览的安排了如指掌。

现在的我一贯有些两耳不闻窗外事，对新生事物的反应普遍慢一拍，可能是这个年龄段男人的通病，不像年轻人赶时尚，也不像退休没事干的只争朝夕游玩。泥仓娄湿地公园开放，永旺大型超市开业，铁黄沙的"小戈壁"与向日葵世界……人家趋之若鹜，我都一无所知，就连附近南湖湿地的网红草都不晓得，落伍了。

想象菊展的情形，是不是以品种色彩分类，一盆盆排着？就像卖花的花农或花贩子，在镇上找块冷落的地段，把小卡车上层层码放的花盆排在路边叫卖。实际上，自家花坛自生自灭的菊花与专业培育出来的毫无可比性，展会上的菊花花枝肥壮，顶上只开一朵白花，花型好看而硕大。我以为只要把几朵花的养分灌注在一朵花中，就万事大吉了，其实培育过程绝非如此简单，它很快凋谢，来年长出新枝，怎么侍弄都不会出落成先前的模样。有一次，我问对种花有些研究的老校长，他略知要嫁接，要给花打营养液，来年又得重新培育。记得植物遗传学中复杂的分离现象，大概与此类似。

农科所菊展有个响亮的名字"菊花世界"，文化、科普推广之类的宣传都是包装，真正吸引人的是休闲观光，人挤人的热闹劲，你争我赶的从众心理。恰好这天，孙女所在的绘画兴趣班带学员前去写生，全家欣然前往。

沿义虞路往西，过望虞河桥，路两侧几百米停满汽车。农科所正大门禁止通行，从门口走到里边有十分钟路程。沿人工湖边步道逶迤而行，只见石宕深幽，石壁峭拔，稀稀落落挂几丛荒草小树，水面与岸头落差几十米，水蓝蓝透着冷冷的感觉，水下依然有几十米深。三十多年前，我摇着木船来此装运块石，用作学校打石驳岸。这地方名叫小山，为虞山余脉，开凿望虞河时与母体彻底分割，成为一座孤山，后来石场把小山扒平，又不断往下掏，掏出这么一个大坑。石宕废弃后，经过改造，装上木质栈道、观景台，成为一处独特的风景。

"菊花世界"分几个区域，一处在石宕南岸。岸头一块平整的开阔地，菊花长在地里，一直延伸到斜坡，主色调红黄两色，有序排布，斜坡上用黄色菊花拼成"天下常熟"字样。孙女写生在另一处旱地，大片菊间以菊花搭建出方塔及大型吉祥物的造型。这个吉祥物是什么？夸张外翘的白胡须像圣诞老人，而头戴草帽、手持兵器的模样好像俗称"赶鸡佬佬"的稻草人。以往稻谷成熟季，它都立在农田里，手持一根竹子，竹端拴着红丝带、尼龙纸及碎碗片之类，以炫红的色彩及随风而发的怪异声响吓唬鸟类。鸟不是没脑子，起初或许被吓着，以后敢站到稻草人身上闹喳喳。

孙女背着画夹，跟学友手拉手走在田间，像那么回事。我女儿拿着小折叠凳及水彩笔跟在她后边。六七个孩子一字排开，跟着老师示范，拿起画笔，煞有介事开始画。孩子歪着头观察一会儿，所谓写生，更像临摹，笔下的花像装饰画，跟哪朵也不像。她画的吉祥物有几分相像，自身比例不协调，头部五官移位。她爸妈到花间游荡，拍照，奶奶陪着孩子画。孩子只听老师的，对奶奶的指点很反感。奶奶帮她修正错误，她撅着嘴告诉妈妈，说奶奶捣乱。一张 A4 纸，简单的图案，笔色自由发挥，历时两个小时。一个五岁的孩子，难得如此长时间专注一件事，如果不是兴趣使然，外力难以做到。女儿培养孩子比较理性，不去盲目跟风，花冤枉钱。"不要让孩子输在起跑线上"的说法，我觉得向来是一个伪命题。陪伴才是最好的教育，父母要付出时间，培养兴趣，磨炼耐心。

立　冬

立冬。11月8日，星期五，确切时间为下午1点24分15秒。

这天，学校里举办秋季运动会，比赛项目从上午8点半延续到下午3点多，不知这算秋运会还是冬运会？还好，我负责裁判的项目在上午，一二年级立定跳远，我当"长"，带着三位年轻女裁判，从秋天开始赶在冬季来临之前结束。节气更重要的是符号意义，从气象意义上来说，冬天还早呢，可能要再过一个月或更久。秋阳下的操场上，穿夹衣穿薄线衫的也有，我依然穿着短袖T恤。

早在二十天前，内蒙古文友"行草"的微信圈晒出雪景，不过不是冰天雪地的那种。地上能看见残雪，花木上的积雪也不多，它真实存在于"行草"的世界，而对我是那么遥远，穿着短袖的人不可能见到雪景图片就马上条件反射般脊背发凉。她说今年的雪来得早些。那里的夏季很短，我们的夏季长达半年之久，从五一短袖上身，直到现在，大半年时间。春与秋仅仅象征性过渡一番，春秋装换洗两三次就收入衣柜了。

要在几十年前，这正是农民热火朝天的季节。

农民不会让庄稼地闲着，收完这个，种下那个，这是庄稼与季节的约定，也是与农民的约定。一年三季收播，数"双抢"最紧张，仅大半个月时间，前季稻收割上场，后季稻插秧。脱粒归仓，又处在一年中火热的盛夏，雷阵雨说来就来，盘踞数日，稻子一旦发了芽，那就要白吃几个月辛苦。收获火急火燎，播种也是火急火燎，错过秧龄，哪怕一天，都会导致大幅度减收，甚至颗粒无收。

秋收秋播历时最长。天气晴好，早割一天晚割一天无所谓。农家有"养老稻"传统，稻叶尚未完全枯黄，说明谷子没完全长足，一个日头还能增产五斤十斤，农家的期待总是向着美好。品种不同，稻子成熟期有早晚，最早在十月底，最迟直至十二月中旬依然立在田里，硬直的秸秆变成枯黄的柴火，软耷耷的眼看已经瘫倒在了地里。即便同一品种，移栽期不同，肥水滋养不同，成熟期也差了好多。同一块田地，田脚干的一端早熟，近水渠一端晚熟，灰潭基明显壮实油亮，穗头沉实，但过度疯长反而造成"油青"，灌浆期迟后秕谷增多。

收与种交替进行。稻子放倒后，阳光足，稻铺晒上两三日，"收水"快，翻身再晒两三日，捆扎，挑到打谷场，脱粒。论"收水"速度，阳光尚不如西风，干燥而尖利的西风席地扫过，能听到秸秆热闹的噼啪声。

打谷场容量有限，脱粒的速度也有限。大面积收割后，绝大部分来不及运回的稻子留在地里，为了不影响种麦子，捆扎后临时叠放在田埂，四野里长方形稻垛一排排、一个个如列阵，竖看整齐，横看散乱。被稻垛压住的地方下不了铁耙，种不上麦子，来日需补种。稻垛留在野外，雨淋霜侵，底下一层吸收地里湿气，沉得能压断扁担，需要翻开来吹晒，才能挑上场。这不仅浪费人力，且严重影响稻子及柴火品质。柴火发黑，变脆，作土灶燃料火不旺，更甭说搓绳、打苫、编米窠了。可是人力不足，又有什么办法呢？

开镰了。

专门用来割稻麦的新镰刀上一季使过，磨快、上油，收藏在家里某个角落。刀片通过右侧套筒装在木把前端，刀把长短粗细合适。刀刃薄而锐亮，向刀背渐厚。有一种细长的弯月形镰刀，一镰能撩多棵稻禾。还有轻巧的锯齿镰刀，不用磨。母亲依然喜欢重实的老式宽口镰刀，借镰刀重力使着顺手。她割稻每次带两三把，一把钝了换一把，借吃饭或歇晌胡乱磨几下。磨镰刀也是技术活，先以砂石磨出锋口，后用软砖，即经打磨的青砖使刃口更利。磨刀时人跨坐在长凳上，刀面上还要淋点水，免得退火。就一会儿工夫，米饭依然在嘴巴里嚼，只得胡乱磨几下，用不了多久就钝了。母亲时常埋怨家里镰刀不够数，白费好多力气，谁让她不接受新式工具呢。她说，老镰刀留的稻茬贴地、平整，不似锯齿镰长长短短"狗牙一样"，"牙"有扯咬的意思。

第一镰有什么感受？母亲形容今年稻子长势，六棵一把捏不下，稻把重得甩不动。

与插秧一样，六行称一垄，一个作业单元。男男女女一字排开，弯腰弓背，挥镰前行。左手握住稻禾中部，右手以镰刀贴着根使力，刷刷刷，刷刷刷，六下，干净利落，那是割，或作刈。一把往右甩过，轻放地上，割与放构成一轮简单的作业周期。田畦狭长，宽五六丈，长十几丈，最长的可达二十多丈，一垄到头两三百次单调机械地重复。这是体力与工具，耐力与技术，还有劳动态度的综合。有的人稻茬高高低低，稻铺乱糟糟，地上还有零散的稻穗。母亲的稻把整整齐齐，都是两把交叉叠放的"剪刀把"，稻铺透气受光，方便捆扎，提高工效。

农民在露水里出工，黄昏后收工。一个好劳力，一天能割两亩稻子。乡间女人不挑担，男人不拔秧，如遇到活儿紧张或劳力不对等，可能临时反串，而插秧、割稻割麦时，不论男人女人，都要一齐上阵。身壮力大的男劳力头天可能稍占上风，可再往后，他们就熬不过柔软性及耐力占优的女劳力了。所以男人不会全程参与，等腾出稻茬地，自有属于他们的活。

这个季节，日夜温差十几度，夜里有寒露，有霜冻，出工那会儿，寒风肃肃，或是晨雾淡淡，人们都穿着三四层衣服。割着割着，身上发热，脱去外套，随手扔在稻铺上。到

九、十点钟，太阳爬到半空，此时的阳光虽无热辣感，却也暖洋洋，自内而外的热气与自外而内的热辐射同时作用在肌体，身上汗涔涔，头脸汗淋淋，直脱到单布衫。田头，稻铺上，随处可见红红绿绿的毛衣，那是各家妇人自纺自染自织的羊毛衣，百分百真正的全羊毛，由于纺织、脱脂及染色工艺的限制，品质粗粝而硬邦邦，色彩艳丽而单调，或大红或大绿。那种被称为"头绳"的上海毛线，一般人穿不起，更不舍得穿着干农活。也有一两位穿着罕见的毛线衣，看上去艳而不俗的桃红，质地柔软而细匀的质感，那准是新娘子。到头换行，东一件西一件散落在田间的衣服拢到起点，换一处挪一回。回家做饭时臂挽着衣服，迈着沉重的步子，凉风打在身上很舒爽，走到半道突然觉得有些冷，边走边加衣。老人经常吩咐不可贪凉，田里走起的年轻人很少伤风感冒，跳到河里"刺啦"一声。

稻子一片片放倒，几天前一望无垠的金黄被逐块分割，如一张硕大的国际象棋盘，非黑白对比的显然，而是高与低、深与浅、实与虚，边界模糊的过渡，也不怎么规范。再过些日子，同一个平面，有些田地翻耕，有些依然是稻茬地，又呈现另一种对比。

阳光晴好，妇女们在田间捆稻。就地取材，带穗的秸秆就是捆扎材料。信手攥出一绺，横放于稻铺，抄起、反转，置于微曲的膝盖，一手提拆根，用力一扭、一塞，轻放地上，一个稻把完工了。十几二十个妇女们横着排开阵，姿势划一，重复着相同的动作，这哪里像在劳作，简直是田间的舞蹈。她们摆放的稻把，按照各自习惯，或横着或斜着，单行看都一簇齐，而整体看角度方向不一。母亲割的稻在这时表现出优势，一个"剪刀把"正好扎一把，而连在一起，柴根不齐整的稻铺明显影响捆扎速度。有人可能会问一把是多少，多大？其实没个量化指标。二斤左右，一斤是谷子，一斤是柴火。

收稻是男人活，装备极其简单，一根长扁担加一副担绳。扁担长两米左右，槐树或毛竹质地，两头各按两小截竹签；结实的纱绳，长三米以上，绳头系一个虎口样树杈或毛竹片锯成的钩子，绳尾如蛇尾渐细。一脚踏进稻茬地，目测稻把数，放下扁担，甩开两根担绳，左右开弓捡拾稻把，右手抓四个，左手力气小，抓两个腋下夹两个，三下两下，一头装满，收起担绳，勒进杈口，膝盖跪住，使劲一收，打个活扣。两头装满，将扁担头插入担绳，卡进竹签间，以防绳子滑动，蹲下，钻进扁担下，吸口气，起担。正常一担装六十个，没有规定，全凭自觉，最少四十八个，多的七十二个。有人力大且舍力，有人要面子撑着，偶有调皮之人，看似担子不小，其实中间虚空。谁实诚谁鸡贼，彼此心知肚明。

庄稼人什么都讲把式，稻麦担务必穗头向内，两头向身体倾斜，把所有重力集中到与扁担接触的肩胛。稻担与使短扁担的箩筐担、畚箕担不同，扁担长，重心高，走起来晃悠。田地软，田埂小，迈步更费力。一遇逆风、横风，举步更艰难。

稻担苦了矮个子，两头下沉，稻穗在地上拖，走路更吃力。高个子体现出优势，咯吱咯吱，扁担随步子节奏一上一下跳动，走路轻松。想必翘扁担是矮个子的发明。它利用树材的天然弯曲，与弯扁担相反，两端上翘，整体抬高担子。我十六七岁时，已比大部分成年汉子蹿过半头，无须挑剔装备，直扁担、弯扁担均无碍。也尝试过翘扁担，搁肩上不稳，如果两端重量不足以将它压直，很容易翻转，扁担重重打在脸上。

队里的田有远有近，近在打谷场边，最远处靠近另外一个村庄，站在田头隐约望见打谷场上的仓库，反过来看不到田里的身影。走一条竖田埂，跨过毛渠，沿着渠岸走过横田埂，在河浜底拐弯，走上拖拉机路。那是一条贯通南北的宽阔土路，路面爬满马绊筋等杂草，愈远处愈丰茂，只有路中央被踩得光溜溜。直道三百米以上，有四五趟田，加上先前的两个弯，总程不下一里。百步无轻担，远担比近担少十来个稻把，依然很艰难，前半程靠脚力，后半程靠毅力，肩疼腰软腿脚发虚，硬撑到场上，多走一步都不愿意，连人带担瘫在地上，大口喘气，大滴淌汗，还没缓过气，就要踏上下一担征途了。

一亩地1000个稻把左右，20担架子，中程一次来回10分钟，最远程来回半小时。收稻在农活中强度最高，极度透支体力。南瓜、泡粥、面条之类不抗饿，不需两担便饥肠辘辘。早饭小团子扎实耐饥，撑到中午，简直不要菜肴，一碗米饭马上就能呼呼下肚，两碗三碗不觉得饱，只觉得力气回到了身上。三点歇晌，扒一碗冷饭，躯体热烘烘的，冷饭剩菜比热饭热菜爽。

转肩是男人必须学会的挑担技术，熟练的人无须停步，借拐弯瞬间，两手一托，脖子一伸，身形一矮，扁担就会顺势转到另一个肩膀，略微调整重心，又即迈开大步，过一阵子再转回来。两个肩膀接力，比单肩负重略显轻松。转肩说简单也简单，对我而言却无比艰难。一般习惯右肩负重，称"大肩"，也有习惯使"小肩"的。它们除了指大小，力气、坚实程度的区别，还有腰部力量的差异。厉害的男人，有意识锻炼弱肩，甚至练到两个肩膀差不多本领。不过绝大部分男人做不到这一点，弱肩负重距离短得多，能让另一肩短暂喘口气，足矣。而我属"砸煞肩"，左肩像豆腐，担子一压，龇牙咧嘴疼，整个人立马瘫倒。越弱越不愿锻炼，越不锻炼越弱，直到离开农田没学会转肩。

开沟是男人的专利。稻喜水，麦喜旱。一畦地，两条竖沟，一条横沟，与毛渠贯通，构成完备的排水系统。稻子刚起场，田脚松软，掘土省力。一根细细的莳秧用的尼龙绳，一把打磨过的窄口铁锹，组成简单的开沟工具。这边侧着一插，那边反方向一插，中间再一插，连锹带泥一撬一提一顿，动作连贯、迅速。锹略呈弧状，泥条不易滑落到沟中。开沟是手把子活，既仗膂力，也凭眼疾手快。挑担厉害未必开沟厉害，一天成果相差甚远，能手挣十个工分，差的不到三四个工分。因为属于计件制，以长度为计算方式，所以要验收，验收不合格，或返工，或扣工分。沟直、深度达标，内壁光滑，沟底平整……视觉的美感与实用性挂钩，直接影响排水的通畅。

"童孙未解供耕织，也傍桑阴学种瓜。"农家孩子学农活，不专门拜师，从模仿与游戏开始。父亲手艺漂亮，他开的沟说艺术品不为过。小时候都是我尚无力掘那么深，拿着父亲的退役铁锹，掘到规定深度需两三锹，更多时候，帮他撩底泥。他说我的作品毛糙、不直、有阴阳面（不垂直，容易坍塌），同样的工具，同样的动作，差距却显然。十五岁时，我开沟速度超过队里绝大部分汉子，质量马马虎虎，虽说跟父亲没得比，可还是让我父母很欣慰，来日大儿子准是好劳力。

开沟最受罪的是两个手，与锹把亲密接触的掌心、指肚起泡，不是一个，几个连成一片，自己不忍直视。水泡溃破，一攥锹把，疼得不敢握锹把。母亲提议戴手套，那是一副掌心带胶皮的纱手套，露着手指，胶皮老化变硬，干活不顺手，速度明显减慢。最好是新的面纱手套，母亲在窑厂上发到的劳保用品，不过它们在我家都变作冬天御寒的装备了，母亲怎么舍得戴着干活，我也不舍得，工钱买手套都不够。母亲说，戴手套干农活的都是"洋盘"，等你手上长满老茧，开沟不起泡了，就成为一个合格的男劳力了。

若干年后，我知道"胼胝"这个冷僻词就是老茧，而我指望的一手老茧始终没长成。

小 雪

小雪无雪，离落雪天早呢。

稻子上场，脱粒完成，还有许多细活要干。一铲铲，一筛筛飏净，一场场晒干，就等公粮任务下来，余粮方可按人头，按劳力、按人工分配。

交公粮，不称卖粮，而叫嫁粮，细分有嫁麦、嫁稻，一年三茬（因为种双季稻）。农民不习惯称交或缴，交有免费的意思，缴更离谱，有强制性，又不说卖，因为比市场价低得多。称嫁，就像成年的女儿嫁出去，只象征性收一点彩礼。嫁显得温暖，农民是娘家人，国家、集体是夫家人。

嫁粮享受较高的工分，又有每天两角钱菜金补贴，还能去城里玩，逛大商店，借机买些比乡下商店合算的生活必需品，比如榨菜、萝卜干、大头菜，质量好分量足又略微便宜。

完成任务后，照例上全家福饭店聚餐……这么多好处加在一起，对终年匍匐在黄土地的农民而言，嫁粮算得上难得的肥差。

在家务农的男劳力，每家允许出一员。父亲身体不甚好，又舍不得放弃机会，有让我替代的意向。一个来回，少则两天，多则三五天，得看是否顺利。出发这天是星期日，父母明知道我在上学，势必耽误一两天学业，但依然主张我去，甚至没提上学，似乎忽略了我上学的事实。他们怎么会忘记呢，是回避，避免被我诘问的尴尬。我怎么可能诘问呢，乐都来不及。从小受父母读书无用意识的熏陶，农家孩子，只要不做睁眼瞎，识人民币，会算简单的账，多念书等于浪费。

你道想去就能去？一个孩子代替父亲挣工分，虽说工分与菜金打折，可庄稼汉们还是心有不甘。尽管其间不乏平庸之辈，干什么都平庸，越平庸心眼越小。如果队长发话同意，另当别论。

队里的木船停在小桥底下，汉子们把晒干透的稻子挑到小桥上，倾倒在船舱。舱上加篾条，周围以麻绳捆扎结实，船身慢慢坐入水中，两边船沿碰到水面。八吨木船满载，装着挂桨机的五吨水泥船也满载，盖以绿色帆布，只等明日起航。

黄昏时，三弟叫我到船上看夜，也就是值夜看护稻谷。队长的三弟比我长一岁，在小伙伴中与我关系最好。我俩经常搭档看夜，集体仓库里存储飏净的稻麦，或者稻麦晒场上过夜，一晚仅两成工分，对成年男人缺乏诱惑力，可对十三四岁的大孩子来说正好，睡哪里不是睡？整捆稻柴围起一方天地，顶上搁两根毛竹，盖一块油布，底下铺厚厚的稻草，清香，舒坦，每人带条被子，软和，隐秘，觉着好玩。

我和三弟躺在前密封舱，半掩安全盖。弧形舱底如靠椅，开始觉得舒坦，不一会儿往下滑落，脚底顶着冰冷的隔舱板，很不舒服。三弟在上初二，对学业不太上心，已经说定了师傅，等来年毕业去学木工。三弟早想去城里籴粮，能否成行就是他当队长的哥哥一句话的事。三弟竭力撺掇我同行，主要想有个伴。多一人少一人无所谓，再说船上本事也是一项农活，农家孩子早晚得学会。

起锚解缆，12匹马力柴油机轰叫着吐出一团团黑烟，一条机帆船拖着一条木船缓慢离岸，沿村河向市里进发。前船三人，后船五人，河道狭窄，有几个急弯，队长手握竹篙站在船头，轻点竹篙，将船控制在航道中央。满载的船吃水深，尾舵很容易撞到河底，桨叶打到河底砖石很容易损坏。机帆船舵手是队里的拖拉机手，忙时负责机耕，农闲时拆开保养。先前队里仅一台柴油机，先满足耕地，田里不用装到挂桨机上，机耕手转身成船老大。乡间机耕手在当时属于高科技人才，受人尊敬，拿着最高的工分，连队长都敬畏三分。我一直指望，长大后能当上队长，或者做个农技员、拖拉机手也不错，至少比卖死力气的普通农民硬气。

进入外河，河道越来越宽。水路进市区，有几条可供选择。先前尚湖水浩渺，从湖里穿过去最快。干湖造田后，最近也是常走的水路，从蒋巷转道北塘河，穿过薛巷中心桥，向东到颜巷，进洲塘河，一直往北，拐来转去，水程比陆路远。坐在船上看风景，与陆路所见大不相同，视角不一样，熟悉的村寨、司空见惯的田畴给人陌生感。北塘河水面开阔，机帆船开足马力，与步行速度相当，也许稍快些。仿佛河岸在后退，觉不到船的前行。船身略有颠簸感，低头看水面，船头冲开波浪一起一伏，水浪一波接一波斜着往两边滚动，近看似水上风景，其实蕴藏能量。如果水面够大，水波传递不到远处，几个回合下来就慢慢消弭了。如果河道不宽，或一侧离岸近，浪头到来前，岸边水线急速下落，浪头卷过来，爬上岸滩，飞溅起一片浪花，不等回落，第二波浪涛接踵而至，势头一波比一波小，清澈的岸水瞬间浑浊。有时候，沿岸水埠上蹲着一位女子，或淘米洗菜，或拿棒槌捶打衣裤，一个浪头卷过来，若躲避不及，鞋打湿了，菜篮子打翻了。故而，沿河的女子比较灵敏，看似埋头洗刷，耳朵不闲着，能从机帆船迫近的机器声，从渐渐走近的浪头声，判断撤离的必要性和时间，可能全然不理，可能抬头看一眼继续忙乎，可能抢住篮子突然跳上几级台阶躲开。

洲塘河直通苏州，与望虞河同属内河主道。船只穿梭往来，有绵延一里的大船队，有拖着三五条船的小船队，有能装几十上百吨的单放船。相比之下，我们的农用船势单力薄，不敢走河心，与大船保持安全距离。它走它的，我走我的，彼此相安无事。也有碰巧多船交会，躲不了，这时候满船的人都紧张地站起身子，仰望着大家伙错身而过。单放轮船最可怕，船尾装三四个挂桨机，或者一台大功率机器，基本都是苏北个体船民，横渡长江而来，行船很快，近距离会船，对方一般关机滑行，否则一两波大浪都能给满载的小船带来灭顶之灾。

前船老大掌舵，我所在的后船由一位老实巴交的汉子把舵，其他人都坐在后舱。起锚时风和日丽如小阳春，都坐在船尾看风景，航行在大河，野风嗖嗖受不了。迎风飘来柴油机巨大的噪声，浓黑呛人的黑烟，说话听话很吃力。舱内声音嗡嗡，我没下到舱，坐在船尾看艄公把舵，出于好奇，也想学把舵。

平时船舵拉起，以摇橹为动力。拖行时橹搁在后艄，放下舵控制方向。直行大河，把舵就是做做样子，只需稍稍动动舵把修正方向。船上有行业术语，推艄，船头往左；扳艄，船头往右。前船推艄我也推艄，前船扳艄我也扳艄，实际操作与理论有出入。机帆船体量小，轻船拖重船吃力，拐弯时后船要凑着前船，节奏慢半个船身，前船转弯有可能刹不住拐过头撞岸，后船得反方向打舵吃住方向，等平稳了再跟着打方向，这跟开加长拖斗车一个原理。后船不稳连带前船不稳，有几次前船老大冲我大声吆喝，听不清喊什么，举止神情严重不满。此时，边上汉子抢过舵把，告诉我问题所在，然后再不让我碰了，免得停船后挨骂。

国家粮库在城南猪草浜，猪草浜相当于现在的长途客运站，有客轮码头、货运码头，汽笛声声，船来船往，黑黑腻腻的污水抄底翻滚。船切入慢车档，艰难地挤进身子，两船的人都起身，有的持竹篙站在船头船尾，有的拎着抛球看紧船舷，有的徒手推一把靠过来的船。大呼小叫，乱哄哄中透着热闹。

泊船上岸，已是傍晚时分。队长与船老大上岸排票，有人在船尾垒起行灶生火做晚饭。砖头、硬柴、锅等都是预备的，一大锅饭，加一大锅白菜烧肉，管吃饱。

县官不如现管。次日上午，粮库验收员拿着一嘟噜东西现身船上，队长点头哈腰忙着递烟，验收员是个小青年，接过烟卡在耳郭，面无表情，蹲身掀开帆布看一眼，抓一把稻谷一捏，丢一粒嘴里，牙一咬，吐掉，再来一粒，站起身，不言语。队长继续赔笑脸，念叨晒了几个太阳，好粮卖国家……小青年手持一根铁皮管子，头上尖尖，插入稻舱深处，拧动手把小机关，取样，抽出，放入小簸箕。舱中心，舱边，舱角，胡乱插了几下。舱角处管子插不下，他目光狐疑，看着队长自言自语，插挡板上了？取样完毕，小簸箕中样品代表满载的两条船，质量的评价指标是水分、杂质，单价与质量挂钩，看高看低一个等级都在小青年嘴里，他在单据上唰唰写，意味着验收合格，让队长拿着单子去排队卸舱。完了以单子结账，等级特优的优先，最优先的无须人工卸舱，用机器抽，速度快，省却人力。后来我遇上过这样的好事，一根粗大的可自由弯折的管子伸到船上，哗哗哗，管口巨大的负压把谷子吃进去，前后不过半小时。

过后有人说，舱底藏着飏谷的下脚，杂质很多，必须人工手拣。队里这帮家伙不地道，把下脚藏在舱角，盖厚帆布隔开。当时队长很紧张，其他人也紧张。一旦被识破，整船的稻子上到岸上，会被勒令重新扇飏，重新验收，不是得不偿失，而是只有失没有得。

冶塘，下庄一队，2 号码头！岸头有人喊话。我问，2 号是抽吗？队长说，做梦！移船到码头，抛锚，跳板架到岸头。分工三项：掮，拔肩，畚舱。有人已经拿起筻斗等候，队长问船老大，咱俩谁拔肩？老大说，随便。队长说还是你来吧，你个子高。

明摆着，我和三弟负责畚舱，中号筻斗装稻谷，倒入大号筻斗。筻斗是藤条扎的，比竹制箩筐结实，大号装七八十斤，中号装二十多斤，小号简称斗，一般农家都有，还作量器，一斗米差不多十五斤。掮，即单肩单筻扛上岸，过磅，倒入输送带。姑且谓之掮工，不知掮客的意思是不是与此有关？拔肩就是两人合力一鼓作气将筻斗提到半空，落到掮工肩头，这工作看似最干脆最清爽最清闲，却也不是什么人都能干的，需要巧劲、爆发力，外加身高优势。

我和三弟大汗淋漓，身上的衣服脱的只剩下一件单布衫。事实上，畚舱也是一顶一的成人活，本来需要两个人。可谁让我们力气小，干不动其他活呢。

舱上堆起的满头平了，剩下半舱了，队长把帆布揭开，混进下脚，小心遮盖，毕竟做贼心虚。这时候，场上热火朝天的，一个码头同时有几条船开工，过磅完了倒在一起，谁来关心哪条船。

不知不觉间，进入扫尾。直起腰，看到船身抬高了，船头与岸头落差小了，跳板坡度平缓了许多。队长说，坚持最后五分钟！这句貌似哪部电影里敌方指挥官的台词。看着我们气喘吁吁，队长说，两个小猢狲也蛮厉害。称呼及语气带着亲昵，我沾了三弟的光。

两条空船沿市河往城里走，停泊总马桥边。吃饭，去全家福！全家福饭店在南门台上，与东风饭店、人民饭店是不是一样有名？多年间，我能知道的饭店就那几家。一年去三两回，算走顺了，也图个便利。主张去全家福，还有一个出发点，去看饭店里胖服务员。胖女人是这帮男人挂在嘴边的谈资，四邻八舍没个胖子，奇胖的胖子更罕见，难得见一个，便拿全家福胖女人做参照。闲着嚼舌头时，他们发挥有限的想象力，说着孩子听不懂的荤话。所以，在见到真人之前，我的脑子中勾勒过她的形象。真见了，还是大吃一惊，翘首期待间窃窃私语，她已经端着冷盆到了桌边。她个头一般，身子粗壮，肥硕的下巴一圈圈吃力地挂到胸口，看不见脖子，最引人注目的是她圆滚滚的胳膊，胳膊上戴着一块上海牌女表。小小的表面，细细的表链嵌入肉中，与肉嘟嘟的胳膊构成滑稽的参照。我想起男人们曾经以她的胳膊与常人的腿比，不由得多看了她一眼。这个女人，大概每天面对外人异样的目光，对所有试图多看一眼，哪怕偷窥的眼神都表现出明显的敌视。她狠狠地扫视着我们，放冷盆的动作有些粗暴。她穿着白色的工作服，肤色细腻，白里透红，硕大的身坯让我联想到地主婆、资本家老婆等一类抽象人物，不久后我看连环画《童年》，绘图中的人物形象勾起记忆，觉得她更似俄罗斯大妈。有人说饭店里吃喝不要钱，所以她能吃这么胖。

城里人不见得个个养尊处优，但饭店里的厨师、服务员普遍胖。我想可能真的是这个原因。

我第一次听说和菜与点菜的区分，我们吃的是和菜，不用点，由饭店根据总价配菜，烧什么吃什么。都是肚子里油水匮乏的乡下人，又干了一大晌活，头几个菜出来，三筷两筷风卷残云，汤汤水水不留，连盆子都不用洗。队里难得一回在一起吃一次，不甚过瘾，亦非打牙祭，充其量软饱。一桌菜五元，最贵的可能十元或十二元，贵的菜当然吃不起，可比起平日吃的那些，够得上丰盛，不喝酒简直辜负了。酒钱不包在菜中，零拷黄酒，五斤一铁皮桶，好像是冬笋包装桶废物利用，桶口内沿有锯齿样盖子残留。

有酒便好，小酒咪咪，放慢进食的节奏，众人的言语神情变得亢奋起来，或各自倒酒，或谦让着互相倒酒。四方台八个座，一桌人不多不少。我和三弟正儿八经跻身成人酒席，证明离男人这个自豪的称呼不远了。队长说，你俩也喝点？三弟看看我，我说蛮好。有人发话，小孩子喝什么酒？大概怕我俩拆他们份。队长坚持要给我们倒酒，说俩小子没少干，又说男人早晚得学会喝酒，不够再拷五斤。他们哪里知道，我的酒肚肠是天生的，起码半桌人不是我对手。一两碗散装黄酒，刚有点意思。

空船回程快，两小时出头就能回去。计划好时间，饭后结伴在台上采购回头货。母亲关照的几样牢记着，酱油、什锦菜、鞋底线，遇巧笋干买两斤。酱油瓶小心带着，一个茶色大玻璃瓶，据母亲说先前装农药的。拷满瓶子五斤，每斤

一角九分，比乡下代销店便宜一分，比上海贵一分。什锦菜
每斤也便宜一分，而且新鲜。什锦菜比萝卜干有趣，品种多，
花色多，每一丝每一小片都是不一样的滋味。笋干也看到过，
有人说太老了，品质不好，没人买，我也不敢买。

大　雪

在北方，"大雪"不等于比"小雪"下的雪大，恰恰相反，这时的降雪量不如"小雪"。与雨水、谷雨一样，这四个节气表示降水，或者降水的概率。江南的天气奇怪，有经年不见雪，也有雪灾年。大多到腊月正儿八经下雪，或二月才下春雪，甚至有三月下雪的。

天气不够冷，下的"雪"就不像雪。雨，雨夹雪，霰雪（俗称雪珠），明明像雪飘飘悠悠，飘着飘着就变成疾速的雨线了。初始的雪含有太多的水分，俗称烂雪，落地"啪嗒"一声散开，触地成水，完全不是雪落无声，或者在万籁俱寂夜里需要静听才能感知到的沙沙声。雪似花，都像对称的六角形花朵。小时候居然不相信教科书上放大的图片，总是怀疑它的真实感。天气好端端的，无法验证，等啊等，终于等来了第一场雪，可见到的却是烂雪。伸开手托住一朵雪，完整的形象在手掌上只逗留一会儿会儿，来不及看仔细，很快变成了一滴水。再托一朵，依然如此。这让我很丧气。看是下雪，地上却似下了雨。雪积不起来，着地便化了。

"落雪落雨狗欢喜"，这俚语可能传播的很广泛。雪积不起来，孩子的失落感越来越强烈。睡觉前，门关了，我还忍不住巴在后窗看，野外一片漆黑，什么都看不见。从门缝看屋场，貌似有稀稀拉拉的白色。农家关了门是不允许再开门的，可能有迷信的说法，而我家另有原因。

昔时农家的门窗极其简陋。木质窗户，防盗栅栏仅手指粗的木条，用力一推就断了。就是砌在墙上的窗户，也不牢靠。木质门是单层的，几块门板加一个框架。木门转动装置是门臼，稍用些力气往上掮门便会从门臼中滑脱，夜深人静，那会闹出大动静。里边一根木门闩，只需一把削铅笔刀，从门缝插进去，就可以很容易地把门闩拨开。贼就是用这个办法弄开我家门的，因为门缝及门闩上留有刀痕。

这样的门窗，防盗能力极差。蟊贼上门，首先翻找贵重东西，衣袋里现钞，至于箱柜里有无老货，不抱太大希望。那时候虽然家家都穷，可像小品台词说的那样，"小偷上门都是含着泪走的"，那倒不至于。总得拿点什么，衣服、锅碗、菜油、农具……凡是拿得动的统统不拒。脚炉、汤婆子之类铜制品，算值钱东西了。

那年我大概七岁。一早起来，母亲发现不对劲，草窠盖子放在地上，玄堂门大开，再细看，唯一的立柜也开着，柜里衣服被翻得乱七八糟。遭贼了！母亲闹将起来。一家人懵了，无心烧早饭吃早饭，看母亲整理，核定损失。还好，藏在棉胎里的50块钱没丢，乡下人不习惯存银行。总体损失不大，就被偷了百多斤新米，与一个男劳力的体力相当。米篼是父亲用干净柴草一圈圈扎起来的储米容器，大概有十二三圈，根据米下降的位置，不识字的母亲能估算大概的分量。同时被偷的还有一根槐树扁担，两只面粉袋，一副鬈络。鬈络是纱绳编结的网状工具，用于运送缸瓮、袋子等重物。

这个深夜，蟊贼就在睡床几步开外的地方，翻箱倒柜，挖米装袋，一家四口居然睡死毫无觉察，不能不说诡异。母亲的埋怨中有些迷信，说全家中了蟊贼的迷魂药。按说这个日子，农活不太忙，秋收秋种收尾，坯场也停工了。人在忙碌的时候不怎么觉得累，似乎有用不完的力气，等稍微放松下来，透支的身体开始讨债，这里疼那里酸，睡得死沉。前来安慰的乡邻和亲戚都说，这一阵子特别好困。

父母一次次排查，怀疑是熟人，极有可能是同村人，但没有证据，始终停留在怀疑阶段。父母从此多留了心眼，丢失的米没印记，自家的扁担、鬈络认得。做贼的谨慎，怎么可能公开场合拿出来用呢？当柴烧了，藏起来了，还是远送别人了？多年以后，在队里清理沼气池时，发现一对发黑腐朽的鬈络。已经看不出先前的模样，多半可能是我家的，毕竟谁会平白无故地把好端端的东西丢弃呢。

亡羊补牢，先从自家防护入手。父亲在门闩上钻了个空，将一根长铁钉穿进去，用鞋底线挂在门背后。每天睡觉前，查看钉子是否插紧门闩，父亲看母亲看全家都看，似患上强迫症，试试插得紧不紧。父亲睡觉时也变得异常警觉，手电放在枕头边，门窗一有风吹草动，立刻叫起全家查看。

我对初冬没好印象，我家几乎所有灾难都发生在这段时间。

我上初二那年，父亲开船运砖去上海，按惯例，往返只需三四天，可过了五天船没回来，一星期依然杳无音信。家属们都焦躁得不行，天天询问队长。又过一天，大队部传过来消息，"出事了"。究竟出什么事了？船沉了，正在打捞。人呢？人被打伤了，伤的谁，伤得如何，不知道。那时通讯落后，全大队就一部公用的手摇式电话，那边长途电话打过来，不知要拐几个弯。队长没亲自接电话，对那边情况只有大概了解。

母亲脸上笼罩着荫翳，我有一种不祥之感。从小到大，好事轮不到我家，灾难一个连一个。我上三年级或四年级时，父亲得黄疸病，面黄肌瘦，天天煎药吃药，家里弥漫着中药味。他身体本就羸弱，不生病时候勉强算个男劳力，生病了连走路都成问题，强撑着当管水员。那时候的他一病就是三四年，后来有幸遇到一位"江西郎中"，在他的调养下，父亲的身体慢慢康复，能与村上男劳力同工同酬，管水员的位置后来让给了一个老头。

队里有两条木船，一艘机帆船。队长脑子活络，趁着农闲跑运输搞创收，男劳力轮番上船。那次他们受大队塑料厂雇用，满载红砖送到上海某厂领导家。机帆船上又脏又闹，大伙都不喜欢，父亲裹着老棉袄自告奋勇驾驶，后边拖着一条木船。水面风大，风冷，后船也只留把舵的在舱面，其他人都躲在后舱里。进入浏河，水面蓦然开阔，来往船只很多。突然，前方河汊口拐进一只单放轮船，马力大，又是空载，不注意减速，拐弯半径过大，船头对准父亲船队直冲过来。父亲一看不对，赶忙扳艄避让。机帆船满载砖头，再加后边拖着一条船，反应明显迟缓，终于没能避过。轮船头撞上船艄，撞翻顶棚，骑跨在机帆船上。父亲起身逃跑，却被船撞倒，趴在皮带轮上……

后船里的人反应过来，手忙脚乱砍断缆绳，得以保住木船，眼瞅着机帆船沉没。沉船的地方不太深，棚顶露在水面上。众人惊魂未定，发现我父亲扶着歪斜的艄棚，半个身子浸在水中，河水殷红一片……将船靠岸，一位身强力壮的同伴背起他，从跳板爬上高高的岸头，在公路上拦了辆过路卡车，送到附近的医院。

众人中留下一人陪护我父亲，其他人等来救援队打捞沉船。幸好船没坏，挂桨机也没坏，只是稍微损失了一些砖，送货任务也没受太大影响。

船队回来的时候，已经在下半夜。母亲叫醒我说，父亲回来了。连日的忐忑终于变成心惊肉跳的现实！母亲说父亲严重受伤，根本走不了，明日队里用机帆船送他去乡镇医院。

星期天，我在冶塘医院见到了久违的父亲。那天父亲拆线。医生拿着白色瓷盘，盘里有剪刀、线钳、纱布、酒精等什物。医生剪开浸透红黄浑浊的纱布，小心揭开。他的小腿部位撕开一道裂口，缝了五六针。右手中指、无名指断了，骨肉分离，线脚密密麻麻。食指严重发炎，发黑，粗肿得厉害。医生说，那边医院清创消毒不到位，导致严重感染，这个手指保不住了。其实食指伤得最轻，只是皮肉伤，没伤着骨头，但最终没保住。父亲在医院住了一个多月，过了元旦才回家休养。

父亲留下终身残疾，腿脚基本没事，食指短了两截，中指和无名指严重扭曲变形，伸不直也握不拢。他带着伤残，又走过二十五年，一直带到临终，也一直印在我的记忆中。那时我早过了无忧无虑的年纪了，不敢触摸父亲伤痕累累的残手，看着心里难过。父亲多次假设性回忆，说如果他不扳艄，船头对船头直撞过去，依然是沉船，对方的船将被撞出大窟窿，但他肯定没事。如果他当时不跑，被直接撞上，卡在两船之间，一准没命了。父亲的假设酸涩而有些庆幸，母亲的反应全是埋怨。两船七八个男人，人家都好端端的，偏偏轮到你身上？害自己，也害老婆孩子。将来的日子怎么过？那一阵子，母亲终日以泪洗面。

大病初愈，接着大难不死，可是创伤、受寒、惊吓这一连串的事情，让父亲从此落下病根，无力从事繁重的农活。塑料厂是大队企业，我父亲为塑料厂受伤，塑料厂理当负起责任，大队安排我父亲进厂当保健工。

那时候塑料厂规模不大，有塑料压机、胶木压机各一台。压机很神奇，将塑料粒子或胶木粉加入斗内，经过一轮神奇的操作，出来的竟然是已经成型的东西，有瓶盖，有瓶塞，有电器上的配件。最好玩的是尼龙袋套扣，扁扁的鼓墩形中空提襻，侧面长着锯齿，将袋口塞进去，回折，套上锥形套子，收紧。套扣是活动的，有一定韧性，可反复使用。这种包装方式，在20世纪属于领先水平，便捷，漂亮。尽管不如现在的自封式包装袋方便，可密闭性好。装大白兔奶糖，或者高粱饴，里边塞一张商标纸，花花绿绿的塑料扣筒直就是不可或缺的装饰，加上了它，糖果便给人贵气的感觉。

老式压机都是人工操作的，工人需爬到台阶上，用力转动圆盘把手，把熔化的粒子压到模具中，一旦力度不够，生产出的只能是废品。加热时间也需要精准控制，过短或过长都会出废品。这就需要在边上放一台闹钟掐时间，可它却经常走走停停，还修不好。

父亲买了一块二手手表，上海产"海鸥"牌，原价100元左右，父亲出了60元，正好是一头出圈肥猪的收入。对于乡下人而言，那是很奢侈的东西，装面子甚于实用，用途尚不如等价位的自行车。那个年代的"上海"牌手表，不亚于现在拥有"劳力士"，17钻的120元，19钻的125元，多少年间一直这个价。那时候还没有老板，大队干部也才戴30元的"钟山"牌。父亲从没戴过手表，手腕一晃，母亲和我都发现了，其实他那会还没正式买下，甚至没动买的念头，只是成人偶发童心，从人家手上摘下来忘了还。母亲和我却当真了，细看是一块旧表，表带是我喜欢的闪亮的钢质，缝隙里黑兮兮的，表面略泛黄，表底褪色了，远远不值父亲开玩笑说的100元。父亲解释，"海鸥"与"上海"是一个厂造的，但它不是"全钢"制造，是"半钢"的所以便宜些。父亲戴了几天，终于没摘下来还给主人，60元的价目是厂里人判的。原来的主人老何，也是厂里保健工，还是我小学同学的父亲。老何买的已经是二手货，到我父亲手上等于三手了。这块表，我上师范时戴过两年，父亲去世后母亲戴，直到转不动。

工厂扩大规模后，引进的新机器自动化程度高，男女都能操纵。父亲有句名言：保健工一天到晚没事干，捧着茶杯东游西荡，说明你干得好；两手油腻，一天到晚钻在机器上，恰恰说明你没尽职。这是他当保健工15年的精辟概括，也是他这辈子留给我最富哲理的话。厂里的半成品是偶数式对称状连在一起的，需剪开并修剪光整，这是女人活。三五个女人聚在一起，说不完的话，说到动情处开心处笑得前仰后合，往往忘了手中的活。为防止磨洋工，厂里给职工下定额，多劳多得。父亲得空的时候，在他车间边上的小办公室修剪，借此多挣几个钱。活忙的时候，带回家，让母亲和我帮着干。

这几年，是我家最安稳，也是气氛最好的几年。

冬 至

这是一年中最短的一天，也是九九寒冬开始的日子。

小伙伴来告诉我，"西上浜"有摸鱼人在摸鱼。他是跑着上门来的，说话有些气喘，不等我回话转身而去，也不等我脚炉上移脚穿鞋，似乎仅仅向我通报一声，料我有兴趣同往观看。就像小学操场难得的一场露天电影，走乡串巷的换糖佬佬路过村里，望虞河里泊船待货的船民上门收羊收狗打牙祭，哪怕是浑身黑兮兮、挨家扫烟囱灰的安徽人……缺了一帮尾随凑热闹的屁孩，对方就不热闹了。反之，错过哪次热闹，孩子懊恼好一阵子。

"西上浜"就在我屋后不远处，大约五六亩水面。浜即死河浜，不与外河相连。但见五六个人，在半浮河中央齐胸的水中扑腾，使劲挥动手中鱼叉，以竹把拍响水面，噼噼啪啪，弄出好大的动静。只那么几下，鱼儿立马散开，遽然扑向水岸。水岸散布一墩墩茭白，昔日青翠的叶片枯黄奄落，菖蒲、蒲苇或三两枝细矮的野芦苇，水面以上被霜打蔫了，水下部分顽强地青绿着，只是不再那么有生机。还有水葫芦，水花生之类，昔日蓬蓬勃勃的气象不再，软奄奄、烂兮兮贴在水面，成了鱼儿绝好的藏身之所。冷河里的鱼儿很不活跃，蛰伏河底最深处，基本处于半休眠状态，刚才众人突如其来的骚扰，惊得鱼儿四散逃窜，往隐匿处藏身，这不，正好中了招。汉子们往岸滩扑过去，两手包抄，在茭白根，在水草丛摸索。仿佛手指长着眼睛，水下作业全凭手感。后来听说，人手温暖，鱼儿自觉靠过来取暖，恰如自投罗网。这个说法无以证实，鱼是冷血动物，是否在意身体冷暖？也许它们觉察到潜在的危险，本能地逃窜，恰好撞到人手里。我分明看到，有些鱼跃出水面，跳过他们头顶，或撇着水面"啪嗒啪嗒"从两侧逃窜，还有从水底溜走的呢。

这位逮到一条一斤左右的野鲫鱼，半截鱼身挣扎着，塞进鱼篓，噼啪噼啪一阵响。竹制鱼篓呈鼓状，略扁，下河时绑牢在后背，篓口斜布密密的倒刺，猎物一进去如进了囚笼。有些鱼厉害着呢，渔人摸准篓口松手，以为它乖乖滑进去，孰料它在触到倒钩一刹那，突然一个打挺，从指缝间滑飞出去，留给渔人无比的懊恼。

没有人统计过捕获率，一帮人，机会均等，而收获悬殊。偶尔的多少不乏运气成分，每次收获多便是本事，凭的是力气大小、反应快慢、技术高低，或也有外行无以描述的某些隐秘手段。

　　摸鱼人那身皮衣都是自制的，将废旧汽车轮胎剪裁、胶接成衣裤，连着一双胶鞋。衣裤鞋一体，粗粝、臃肿、笨重，远无专业潜水装备轻便合体，胶接处时有渗漏，洇湿衣裤事小，漏洞大就惨了。

　　厚衣裤影响灵活性，河水的冷意透过皮衣皮裤，透过单薄衣衫，扎紧的袖口使得双手血流不畅，赤裸在刺骨的河水中摸索，不一会儿就会双手麻木，身体受不了。最多十几分钟必须上岸，河浜上有一处秆稞墩，墩下一块麦地，背风向阳，他们脱了皮衣皮裤，坐在田埂上歇息、抽烟、闲聊。烟都是劣质纸烟，每包一两角钱，或有不满一角的。女人经常埋怨男人，抽烟等于烧钱，这东西吃不饱，又不如甜的咸的萝卜干有味，天知道他们怎么舍得。其实男人们内心也不舍得，出力流汗挣来的钱，抽烟不长肉，还吭吭吭咳嗽。可是不抽烟的男人不像男人，不合群，被人鄙视。再说学会容易戒烟难，省着点抽，商店里拆包买几支，一支烟抽一半掐了，小心藏进烟盒，后半截第一口烟味不好，将就着抽，直到烟头烧到手指，攥着狠吸最后一口。他们之间很少互相递烟，你传我接不免多抽，且彼此间来往不对等，还不如各抽各的，互不相欠。

　　一支烟工夫，众人起身，开发下一处渔场。这个河浜结束，往哪里走？多年间，他们形成了一条条固定的线路，附近河浜的位置，河浜深浅、鱼情都有大概了解。要避开深水河，河面宽阔的活水河，所以选择范围不大，只剩下了遍布水草的死河浜。死河浜多年不干河，平日少受人为干扰，野生鲫鱼个大量多，凑巧还有大家伙，鲤鱼或黑鱼什么的。

我们几个跟着他们往南上浜走。南上浜不怎么宽，却比我屋后的小河长得多，中间狭长，两端各有漵子，整体如哑铃状。几乎没作逗留，一行人从两岸相继下水，拦腰截住一个漵子，开始拍打河面，看样子是要先把鱼赶往深墩。接着，分出三四个人泅入深漵中央拍打，水面齐胸，不知道他们踩在河底还是踩水半浮着。拦河几位同时挥舞鱼叉，水花翻飞，惊起岸滩水鸟，这一步是把鱼赶往河滩。河面甫静，他们也由合作转为了单干。近岸，稀疏的脑袋贴近水面，看不到他们水下行动，粼光闪过，噼啪声此起彼伏，或多或少有收获。那边在惊呼，有人摸到一条大家伙，双手把鱼死死按在茭白墩边，可能手形不到位，不敢松手调整，人和鱼的对峙中逐渐力不从心，需要有人帮一把。两人合力将鱼起出水面，鱼身乌黑，是条大黑鱼。黑鱼又叫乌鳢，凶猛有力，浑身滑腻，徒手很难捕捉。它头小身圆，小眼睛目光诡异，任它肉多紧致，可依然没被列入待客宴席，尚不如肉质稀松的鲢鱼鳙鱼。这里的鲤鱼也不怎么受欢迎，有一股子泥土味，大概跟北方人喜欢的黄河鲤鱼不属同类，也许烹饪手艺有问题。鲫鱼虽不上桌面，作为家常小鲜却奇美无比。

小姨父也是其中的一员，在我见识这个行当后多年他才进入我们家族。这行小众，局限于冶塘与王庄接壤的冲基，呈家族式搭档，亲兄弟，同村好友，或近亲。所谓"浑水不落外浜"，摸鱼是群体作战，单枪匹马成不了事，且有安全隐患。相当于原始的围猎，又有所不同，前半程同心协力，后半程各自为战，收获有多有少。今天你多收获几条，明天我运气好些，一季下来差不离。小姨父比较瘦弱，每次收获都不如别人，他说主要体力不够。可能有人会问，这和体力有什么关系？有，穿着厚厚的皮衣在河水中跋涉，体力好的人速度快，捕猎面广，撞到手的鱼不易逃脱。好在这帮人义气，丰收的总会匀点给别人。

每个冬季，小姨父所在的队伍路过我们村子，他们经常顺道到我家，有时来吃午饭，有时来吃晚饭。五六个大老爷们都是好饭量，母亲煮满满一锅饭，蔬菜打官司，炒几个鸡蛋，一锅咸肉白菜粉丝算贵客的待遇了。他们不会白吃我家米饭，这个鱼篓里抓几条，那个抓一两条，有一次姨父倒空了鱼篓。父母反倒不好意思，父亲倒了半甓自酿的米酒，炖热至浮起白沫，请众人大碗喝酒。这是晚饭，众人匆匆喝完酒，扒一碗米饭，简直是行军打仗的节奏，他们还得摆渡过望虞河，再走一个多小时回家，而且迎着西北风。

忽一日，男人们在老地方挑土筑坝。坝址在与邻村交界处，河道最窄地方，往年开坝扒开的泥土沉积在河道，水很浅，枯水季满载的船过不去。小半日工夫，一道两米宽的拦河坝筑大功告成。干河捉鱼啦！小伙伴们奔走相告，一个个跑到那里试探消息真伪。真的捉鱼了？大坝尚未合龙前，大人们不愿回答屁孩子多此一举的询问。据说鱼儿有灵性，能听懂人话，会抢在泥坝合龙前逃往外河。这跟摆黄狼夹，撒鼠药差不多，需要做贼似的偷偷弄，预先不可谈论。

　　抽水泵运来了，那是洋龙船上"洋龙"的缩小版，似夸张的S，中部是膨鼓的泵体，以电动机或柴油机为动力，泵体下端是进水口，连接铁皮水管，伸入河底，上端为出水口，同样连接铁皮水管，伸向外河一侧。每节水管一米多长，根据需要可任意加接或缩减。这种水泵是比较古老的真空泵，利用叶片飞速转动产生的离心力把下端水吸上来，原理说简单也简单，说复杂也复杂。初中时，物理老师解释，其实水不是吸上来，而是靠大气压力压上来的，哪个地方漏气都不行。启动水泵颇费周折，需要加水至泵体及吸水管充盈，吸水管底下装着阀门，封闭不密加不满水，需要拆下来重新处理。有时候，哪个零件都正常依然上不来水，若干年后才知道，水泵有扬程限制，超过一定高度它就无能为力，队里使的水泵属于最低档，扬程更小。

　　三箱电缆线也接通了，从仓库墙电匣子连过来，跨越麦田、水沟，那么长距离，脱粒用电缆显然远远不够，邻近几个队借来的电缆连接到这里，为了方便操作，就近装一把电闸，以塑料薄膜覆盖，免得受潮漏电。

　　水泵日夜不息，腾腾地将坝内水喷往坝外，一时半会儿看不出水位变化。截流的河道几百米长，里面的几百吨水平摊开来不过几毫米厚。一晚上过去，水面似乎下降一拃，放眼望去，河岸齐刷刷裸露一截水淹的岸滩，黄泥本色，光溜溜少有附着物。一个白天过去，水面又下降一大截，河道明显变窄。岸滩呈斜坡状，水越浅河床越窄，水面下降速度越快。那时候我不知道，浜底也在抽水，那是一种俗称"水老虫"的潜水泵，泵体在水底下，仅有一根皮管伸出水面，出水口按在毛渠。河水由四通八达的毛渠灌入麦地，一举两得。干旱一个多月了，有些麦子刚发出芽就搁在了半道，如果没有足够长的根扎进土里，是熬不过冬季的。

一日凌晨，母亲唤醒睡梦里的我，说河打干了，捉蚌去，再晚给人捉完了。我老大不愿穿衣起床，没喝一口热粥，身上冷飕飕的，脚步发虚。朦胧的晨色中，小桥下果然见底了，两岸河床上依稀有几个人影，探身低头。捉蚌就是找蚌，在河床淤泥中，乱砖瓦砾间，牵牵绊绊的水草堆里寻找河蚌。河蚌属于低级河鲜，夏天小蚂蟥寄生，不可食，用来喂鸡鸭。到了冬天，蚌肉烧青菜、蚌肉烧豆腐都是风味独特的农家菜。

河蚌藏身河滩，离了水一动不动，可能大半个身子插在河泥中，埋在烂树叶中，得靠一双眼睛去识别。当然，我附带着工具，一把破镰刀，手柄长短粗细凑手，拨、搅、挖、撬都使得上力，一只敞口的草篓很方便将河蚌拨进去，基本不需要动手捡拾。这两个工具，看似不如火夹或短柄铁锹加四角篮专业，其实最实用。火夹即给柴灶烧火添柴的工具，其实夹不住轮廓囫囵的河蚌，铁锹太重难操控，四角篮不方便盛接河蚌……

穿着高筒雨鞋跋涉在河滩，有的蚌很笨，无遮无掩袒露着，简直怀疑死蚌或者是空壳，镰刀一拨，从分量即能识别。有的很狡猾，翘着一角，大半个身子藏掖着，一撬，个儿挺大。愈近河底蚌多且大，淤泥也愈深，一脚陷进去，半天拔不起来。河蚌也分种类，大的小的，圆的三角的长嘴形的，有翅或无翅，色泽花纹也个个不同，不过都一个味道。

河底深浅不一，鱼比蚌螺蚬之类的软体动物聪明多了，在还没干涸前就已经转移到了深潭。有些鱼可能一开始跑错了方向，等回头已经来不及，搁在河沟扑棱着尾巴，煽动着腹鳍，啪啪地响，浑身沾满淤泥，不动的时候，根本觉察不到它的存在。觉察到又奈何？这唾手可得的鱼属于集体资产，不能抓，不能碰，否则属于偷鱼。

一河的鱼终于汇集到一两处深潭，但见水面上青黑色脊背无序游弋，本能驱使它们竭力藏进水底。或许预感不妙，个小灵活的鲫鱼贴着水面乱窜，瞬间引发群体骚动，大鱼的扑腾声，小鱼的噼啪声，响成一片。鱼身腾跃，鳞光闪动，落在河床斜坡上的鱼蹦跶几下翻滚入水。村民站在水边，围观河内动静谈论今年收成。那时不靠养殖，所谓靠天吃饭，即便称之为家鱼的鲢鱼、草鱼也非放养，每年收获差不多。何况，干河的真正目的不在鱼，而是为了清理河底淤泥，既积肥也疏浚河道。

潜水泵继续往外抽水，水深处不过膝盖，终于等来开捕。男人们挽着裤管下水，女人孩子在岸边看热闹，顺带看护箩筐。男人抱着大鱼涉水过来，小鱼直接往箩筐里扔，谁逮到一条大青鱼，谁抓住大白条，引发一阵子欢呼。

大鱼小鱼堆在箩筐，抬到岸边，按鱼种分开堆放，同一类也按大小分开，过磅，合计总重量，算出每人平均数。队里对副食品类分配与口粮不一样，童叟无欺，小到刚落地的孩子，大到只要有一口气的老人，每个人都会发放到位。有一个孩子，捉鱼那会儿还在母亲肚子里，开始分鱼时，那家来报"孩子生了"，照得一份。这孩子有吃福！后来孩子起名福生。

集体捕鱼结束，进入"放汤"阶段，电影院开场半小时后不收门票也叫"放汤"，吴语意蕴很丰富。老老小小，男男女女赤足涌入水中。这是穿着棉鞋的冬天，脱去鞋袜踩在地上觉得冷，挽起裤管踏进水里疼得无法形容，一脚滑一脚，瓦砾碗片硌着脚底，在泥水中艰难跋涉。不一会儿腿脚麻木，被尖利的东西划破脚底也无痛感，所有注意力集中到河面。河水早搅成泥浆，鱼们拼命昂起头呼吸，水面上都是翕动的鱼嘴巴，当然绝大部分都是不起眼的穿条、鳑鲏、小鲫鱼，偶有之前漏网的个体稍大的鲫鱼。有人在淤泥中踩到滑腻腻的活物，疑为黑鱼，俯身去摸，不料滑脱了，一阵惊呼引发一片骚动，边上几人赶过去，双脚踩踏，双手摸索，谁到手属于谁。

突然有人在枯萎的水花生底下摸到黑鱼，众人一窝蜂拥过去，把奄在河底的一片水花生翻卷过来，居然又收获到一两条黑鱼。黑鱼钻在淤泥中类似冬眠一般躲过众人一轮轮围剿，干河后河床干涸、干裂，农民用粪勺或铁锹挖河泥，不时有活物在其中蠕动，准是黑鱼。如果这一回侥幸逃过，它能好好地挺过去，来年放水又能凤凰涅槃般获得重生。看它浑身黑乎乎长着斑纹，身子浑圆，浑身是劲，头部又尖又小，狡黠诡异的小眼睛突出半个眼珠子，怪吓人的。

　　最后一轮打扫结束，人们带着或多或少的收获各自上岸散去，目前最要紧的是跑回家，用井水清洗手脚，穿暖了，把被河水浸冷的身子焐过来。有个现成的脚炉暖暖脚，最好。

　　晚上，家家灶间飘出鱼香，细辨，鱼香中带一丝萝卜味，鱼烧萝卜，那叫一个赞。

小　寒

　　第一声北风来的时候，大抵在某个冬夜。干坐在油灯下看母亲纳鞋底，看父亲打草鞋，起先感觉裤腿发凉，包在布鞋中的双脚似乎赤裸着，寒气从脚底上来，一截一截吞噬着身上的热气，母亲说还不早早上床，孵在热洞洞被窝里有啥不好？母亲习惯将"热乎乎"说成"热洞洞"，说法可能源自被窝。

　　暖烘烘的被窝多好啊，孵在父母脚边又没啥出产。母亲的女工男孩不必学会，成年后自然会有老婆帮着做，在那时的人们看来，女人都应该学会做鞋子，虽说手艺有高下，速度有快慢，鞋品有优劣，可至少不会让自家男人孩子打赤脚。一年到头穿着跑鞋的男人，不光是费钱的问题，面子也有问题。旁人会说，他娶了个木老婆，木是笨的方言，意思就是说他老婆笨到连一双鞋子都做不像。我自信还不至于沦落到娶木老婆的地步。要问老婆在哪里？父母常说，丈母娘家养着。

父亲打草鞋的本事，兄弟俩应该学会。草鞋，这里叫蒲鞋，与有些地方以蒲草为原材料有关。《西游记》第五十回，孙悟空半道化斋，遇一老者："身穿破衲，足踏蒲鞋。"说的正是这个。父亲的手艺好极了，包括他自制的打草鞋工具都做得一风一水。一截老槐树，锯、削、刨、凿之后，嵌入长短不等的竹钉，做成楔形架子，再用一段树杈制成钩子钩住长凳板固定架子。先打鞋底，父亲用紧实的草绳为骨骼套在架子上，以跕软后捻紧的柴草编织。每编一道压紧，腰部拴着绳子后仰，脚掌踏着架子，拉得咔咔作响，只差拉断绳子。这环节省不得，不然草鞋松松垮垮穿不了几天。除此之外，他还有钳子、改锥、穿针、楦头，等等其他小工具，配套非常齐全。

草鞋有各种式样，夏天穿的只有底没有帮，类似于凉鞋，冬天穿的底厚帮实，可任意加高鞋帮。柴草中捻入芦花，芦花草鞋暖和，如果捻入破布条，暖和又耐穿……出自不同手艺的蒲鞋大同小异，这并非父亲一个人的发明。

母亲常说，草鞋有什么好，哪里有棉鞋轻便？可我还是希望拥有一双芦花蒲鞋或布条蒲鞋。又不是女孩子，穿什么棉鞋，棉鞋太俗，太女气。母亲说，你穿了别脱下来，穿不坏别扔掉！怎么可能呢？

我的蒲鞋做好了，一棱一棱，鱼鳞一般整齐，因为捻入了各色布条，还是镶色的。父亲拿楦头楦了一昼夜，按理还不够服帖，我说不碍事，脚也是楦头。母亲在鞋口沿了布，多余部分折进鞋肚成为里子，还以破棉絮衬底。想象穿着这双新蒲鞋，要多暖和多暖和，要多舒服多舒服。

穿着出门，真好！蒲鞋比棉鞋宽大、重实，鞋底咔嚓咔嚓踩着冻土，脚下有分量，每一步走得稳当。可是走到学校，便觉得跟棉鞋完全不能比，硬邦邦的，不够柔软也就不够暖和。鞋口粗硬，磕脚踝、磕脚跟、磕脚背、挤脚趾……感觉不像穿在鞋子里，似赤脚陷在草莽荆棘间不敢动弹，课后缩在走廊，不敢跟着同学疯跑了。

放午学回家吃饭，冻土融开的土路又泞又黏，蒲鞋底的烂泥越粘越厚，我拖不开脚步，每走一步都像与泥泞搏斗。好不容易抄过河浜底，跟着同伴横穿红花田，湿漉漉的红花草慢慢抹去烂泥，脚步轻便了不少。红花地难得一畦，小伙伴们不敢上大路，宁可抄远路走小道。小田埂边有秋后残留的草茎草根，能少粘一点泥……最终，我一路狼狈提着蒲鞋，赤脚走回家，袜子塞在鞋肚里，袜底都被蒲鞋底洇湿了。井台洗脚时候，发现脚跟脚踝都被磨出血痕，受伤的脚很容易生出冻疮，破溃出血，一冬受罪。

一双湿漉漉的蒲鞋晾在半墙，翻晒几天才干透。此后，我不敢穿它上学，放学后或者星期天才穿，不敢多走路。那时，我很佩服父辈，他们赤脚穿着粗粝的草鞋挑担、干农活，母亲说他们服脚了，孩子的脚不服。不服是什么意思？不是鞋不合脚，是脚不合鞋，布鞋里长大的脚太嫩，尽管经历了打一夏赤脚，光脚走田埂割草，在暴晒的仓库场、竹园、树林子奔跑的历练，依然抗不住蒲鞋粗暴的啃咬。

以后，我就不喜欢蒲鞋了。

一日，雨后初霁，一家人闲坐在家，总得找点事做做。我和弟弟在脚炉里爆米花，到柴灶后薪草中翻找尚未完全脱净的稻穗，摊在脚炉灰上，灰烬缓慢释放余热，噗的一声，米花从爆开的稻壳中蹦出，有香无味，比起爆米机的米花差远了，也不怎么松发。不过我们不图吃，玩着打发时间。外边传来小伙伴热闹的叫喊，脚底发痒，可是地上到处烂泥，父母不许我们穿胶鞋出去，穿棉鞋的话，再怎么小心只能踮着接步石走到场角。一个小伙伴的爷爷从场角走过，他的蒲鞋很异样，鞋底长着腿，每走一步，都在地上留下两横印迹。我问母亲，这是什么鞋？太好玩了。母亲探头一看，木屐，她说我外公也穿过。我们家怎么没有呢？

一日，我在小伙伴家见到这双木屐，一双普通蒲鞋，鞋底绑着工字形小板凳，凳脚足有一拃，把整个鞋身抬高，泥泞沾不到鞋底鞋帮，真是个伟大的发明！出于好奇，我急不可待伸脚进木屐，站起，感觉如踩高跷。木屐又大又沉，只能靠脚背拖着缓慢移步，刚想放开步子，一个趔趄，慌乱间两手及时撑住地面。试图重新站起，一脚崴了，扭得不轻。小伙伴说，不是所有人都有本事穿的，他爸爸就不会，更别说孩子了。

小河里突然结了冰，毫无预兆，暴露在空气中的手、脸有明显的刺痛感。一夜之间，一向冒着寒气、西风卷着涟漪、泛着寒光的小河突然静止了，似一块硕大而不规则的磨砂玻璃铺满河面。一群孩子在岸边打漂，拿一块比较凑手的瓦片，斜着飞出去，比打水漂好玩，他们在比赛谁漂得远。瓦片触到冰面，溜的一声，靠着惯性往前滑，打歪了很快撞到河对岸，打得准沿着河道滑到很远处，溜的声音似一个拖着长尾巴的破折号，渐行渐远。

河边凑手的小块瓦片捡完了，不凑手的不规则小砖块也找不到了，调皮的孩子，干脆从沿河农户山墙脚扳起阴面结着霜花的半截砖，往冰面上打，扑通一声，冰上打出一个窟窿，砖块不见了。如果力度正好，砖块恰好嵌在冰面上。这个发现让孩子们觉得好玩，纷纷效仿。本家女人出来上水埠淘米洗菜，瞬间骂开了，说碎砖瓦片沉在河里，罱河泥运到地里会戳穿脚板，说糟蹋了她家护水坡，宅脚坍了找你们算账。她一直连骂带咒，说"小赤佬惹厌得拆天，吭爷娘收管的，不得好死！"

一群孩子瞬间鸟兽散，等再次聚拢已经是傍晚时分。不知谁出的招，通的一声，大块土坷垃砸在冰面，碎土四散溅开，中间留着一坨黑泥，像冰面开着一朵花。这朵花不好看，也不对称，把干净的冰面弄脏了。

阳光透过光秃秃的树梢照到冰面，向阳近岸的冰缓缓融化，残缺的边沿在水中慢慢变薄，背阳一岸岿然不动。冬天日头短，大部分冰来不及融化又冻住，冰越结越厚。忽一日骤冷，母亲一早从水埠回家，拿了敲麦的木榔头，嘴里嘀嘀咕咕，说冰太厚，砖敲不开，那么几家合用的水栈，居然无一早起砸开河冰。啊？天天砸开冰窟窿洗菜洗衣服，一夜会结那么厚？跟着母亲跑去看，果然，隔日的浮冰碎块与新结的冰冻在了一起。母亲一榔头下去，只砸出一个白点，再砸，冰碴子溅起，再砸，白点处往四周碎裂开，继续砸，通的一声，榔头落到水里，出现碗口大的窟窿，顺着窟窿边连续敲打，打出桌面大的一方水面。母亲将浮冰推开，有的顺着水势滑向冰面，有的钻到冰面底下。冰确实很厚，跟砖头一样厚。

说话间，三五只鸭子从水埠大摇大摆下来，噗噗噗扎进冰窟窿，鸭子入水，如孩子被亲朋上门唤起人来疯，嘎嘎嘎乱叫，从母亲手里抢青菜，扑着翅膀把蹲着洗菜的母亲洒得一头一脸水花……母亲大怒，谁家的鸭子，早不放晚不放！她嘴里发出夸张的嘘嘘声，鸭子无动于衷，连水带冰往鸭子身上拷，鸭子愣了三五秒，继续在冰窟窿里打转。脸皮厚得来！母亲干脆拿起敲麦榔头，一阵驱赶，当然不会真拿榔头打鸭子。鸭子受惊四散逃开，连滚带扑棱，窜到冰面上，噼啪滑倒，跟跄站起，又滑倒，越急越摔，噼里啪啦此起彼伏，急促而无奈的嘎嘎声响成一片。

趁着大人出工敲麦、踏麦，小伙伴三三两两聚到岸头，没几句话，下到河面。胆大的小伙伴第一个伸脚试探冰面，先伸出一只脚，轻轻踏上，见无动静，把身体重心移过去，冰面依然无恙，另一只脚也踏上去，还不敢特别放肆，弓着身子，叉开两腿，往河中心缓缓移步，问岸边人，到河心了？众人七嘴八舌，有说到了，有说差一点。都知道河心水深，是冰最薄弱的地方，能越过河心，说明近岸更没事了。我们的动静很快引来对岸的伙伴，那边也聚了三五个孩子，依然是胆子最大的打头探路，蹑手蹑脚往这边走，两岸屏息凝视，大气不喘。终于，两个人在河中心汇合，相向而行变成相背而行，加快了步子，终于踏上对岸。两岸一片欢腾。

稍作逗留，两位小伙伴各自回转，脚步比先前明显快，看得出，由于冰面上滑溜，每一步都小心翼翼，身子尽量前倾降低重心。回岸又是一阵欢呼，盛赞两位是探险队员。你们也上啊！两人鼓动大家，众人间互相鼓动。终于，几位壮着胆子踏上冰面，有的一开始步子不稳，走不丁点返身回走，有的踉跄着努力前行。

走了几个来回，众人放松警惕，连女孩子都敢下来溜达了。有的说水很厉害，能托住冰，有的说冰很牢的，黑龙江的冰面上能走卡车走坦克呢！众伙伴开始在冰面上蹦跶，狂欢，全然忘记了这是在冰上，冰下是刺骨的河水。忽听得嗦的一声响，冰坏了？可不是，脚下突然长出一条裂痕，很快延伸开去，众人慌作一团，连滚带爬往河岸冲，欻——欻——冰面坍塌，我离河岸仅差了一步，一脚来不及收回岸，带棉鞋带棉裤管陷入水中，冰冷的河水灌入鞋肚，浸湿裤管，膝盖以下冷得发疼。

我疯跑回家，怎么办？学着母亲洗棉鞋的样子，把鞋子、裤管塞进草木灰。草木灰湿了，换一拨，以图尽快吸干水分。棉鞋湿了还能换蒲鞋临时对付，棉裤湿了，没有第二条。往脚炉里添加砻糠，在脚炉盖上烘烤裤管，一阵又一阵水汽中夹带着难闻的烟气。默默祈祷，快点干吧，最好等母亲收工回来前穿上棉裤，就能显得若无其事了，至于棉鞋，可以到夜里再烘干。

事实证明，儿时的伎俩都是一厢情愿的小聪明，尽管成年后觉得母亲不甚敏捷甚至木讷，凡事始终瞒不过母亲。大概母亲收工的路上就有多嘴的家伙打了小报告，她一进门脸挂在老宅基上，一把扯过棉裤，手一捏，喝道，有暖和你不要，现在舒意了？明天开始穿单裤单鞋，冻死你！母亲骂我的时候，我万不可回嘴的，那更激起她的愤怒，随时可能升级为棍棒。待她骂过了，火气消退的母亲帮我想办法，乘着生火烧晚饭，在灶门口为我烘干。她手里忙活着，嘴里还是老大不愿的口气，劈头盖脸变作喋喋不休。她说的一句俗语很经典："晒晒着着，烘烘赤脚。"着即穿，不到万不得已，衣裤不能烘烤，急吼吼的，距离及温度难把握，一不留神烘坏了。

吃一堑未必长一智，龟缩三日，终究耐不住宅家的寂寞。嘴上应着，背后依然瞒着母亲玩冰，只是比以前稍谨慎。村河宽，日照长，冰不怎么厚。我发现屋后小河浜水面小，终日不见阳光，冰出奇厚，有两块砖那么厚，用铁榔头，用斧头都砸不开，不要说走人，开拖拉机都没事。

大　寒

天寒地冻，满目肃杀。大冷天里的太阳，比什么都金贵。

寒风携带的年味，可以穿透视觉嗅觉。咸肉、咸鸡、咸鱼……穿着线，一块块吊在毛竹或铅丝上晾晒，过路的看见忍不住说一句：哟，这家年货不少！看样子能吃到黄梅天。院场上的硬柴是年货的保障，或者说也是年货的一部分。谁家不过年，谁家没三五桌亲戚上门？大锅小锅，煎炒煮蒸，哪受得了稻柴火轻吞慢吐磨洋工。所以，农家都得预备一定数量的硬柴，码在场院风干晒干。过路人又会忍不住说，这么多硬柴，够烧半窑货色。货色就是砖瓦，一块砖三斤柴，一张瓦一斤半柴，烧半窑货色？夸张了。言者随口，听者受用，人家是夸这家勤劳，会过日子。我家在路边，曾听过这句夸赞。至于咸货多到吃不完的话，我不曾听过，富裕、殷实与我家无关。

场院里的硬柴，大半归功于我和母亲一冬的勤劳。

我在多篇散文中写过斫野柴，砍字太重，割过于轻松，斫字合适。野柴，即野地里无主的野生植物，长在河陂、土坡、路边、高土，或抛荒地、坟地，人迹罕至乃至带有一定危险的荒凉地带。它们可能枯萎，可能常绿，可能半枯半荣。其中既有野秆稗、野芦苇，粗壮的艾草、葳蕤的白茅、带刺的野苋菜、成片的辣蓼等草本植物；又有荆棘、灌木、柞树，野生蔷薇、月季这些木本植物。野地里野柴遍地，用不了多走路，就可以收获甚丰。不几日，斫伐队伍庞大，一路上碰到几拨，之前看好的地方被捷足先登。来砍柴的人都是有些年岁的农妇和大男孩，成年男子大概不屑于此营生，女孩架不住其中的危险和高强度作业。

两把旧镰刀，一把柴刀，一把锄头，是砍伐工具；两只草篓，一副担绳扁担，是运输工具。母亲裹着绿色的方巾，我戴着雷锋帽，寒风里跟着母亲，谈论野柴可能丰茂的地方，有时惊喜，有时扑空，一天走好多路，收获未必与路程成正比。

两只手套，每人一只，是我从窑厂垃圾燃料中捡来的。大概是建筑工地上钢筋工的劳保手套，材料是厚实而坚硬的猪皮革，虽然指肚磨烂，线脚裂开，手背部分尚完好，母亲教我转过来，手套背作手掌。我以为有手套抵挡可以无所顾忌，尖利的长刺依然隔着手套扎破手指。

即便在这么冷的天，母亲不肯闲着，也不让我闲着。她有干活癖，有斫野柴癖。每当疲累了，摔疼了，或被镰刀带伤、被荆棘划伤，我就拿母亲出气。母亲却说，你道我喜欢干活？母亲贪图野柴的火力，也想省下一个柴垛，到小窑换几百块青砖。三间老屋，两个儿子，负担不轻。

气喘吁吁弄回家，一天收获摊在场地上，只一点点。几个一点点，若干个一点点堆起来，看起来小有规模，也让人小有成就感。野柴火力介于木柴与稻麦秸秆的中间状态，还不够硬，算不得真正的硬柴。

真正的硬柴，是木柴，不过我们这里管它叫树柴，因为它来自自家栽的树。

你见过哪家屋子周围光溜溜的？每家每户都掩映在高大的乔木间。种树颇有讲究，屋前榆树、榉树、香樟，山墙边楝树、槐树，屋后泡桐、合欢树、朴树、水杉，沿河种一排柳树。松树不可乱种，谁都知道它只能种哪里。金桂银桂四季桂中，金桂最名贵，据说是种在庙宇里面的，农家不能种。桃树柑橘树枇杷树，农家不愿种，树木不成材不说，挂果了会被一村、邻村馋嘴的孩子瞄上，他们像一群候鸟，围着果树笃笃转徐徐转，咽着口水等机会。可能还没等自家尝尝鲜，青涩的果子就让打劫得一个不剩了。

枝叶间掉一条毛茸茸的刺毛虫，鸟巢上落几滴鸟粪，秋冬落叶满场跑，这些缺点可以忽略不计。农家种树，指望其成材，实用性永远第一。榉树好是好，长太慢。泡桐长得快，材质松软。柳树也速生，歪歪扭扭还经常虫蠹，只配做硬柴。楝树、槐树、榆树、香樟，长二三十年成材了。孩子出生那年栽下，等到娶亲或出嫁时，做家具正合适。一口大衣柜，一口五斗橱，一张八仙桌，一张条桌，大件齐了。边边角角拼拼凑凑，凳子椅子也有了。哪根框是槐树，哪块板是楝树，哪条腿是榆树其实并不重要，桐油抹过，老漆漆过，所有的材质看上去都一样。

　　大榉树是富庶的象征，我对种榉树的先祖心生敬意。本家未必说得上哪一辈种的榉树，树龄多长。先祖种下这棵或几棵树，很清楚不归他享用，是给子孙留下财产，留下念想。留下不和不睦的隐患，这是他们压根儿不愿预见的。亲兄弟分家，树传给了谁？孙辈又分家，又出宅，树的归属有没有说法，有无字据保留？再下来的堂兄弟、远房兄弟，上溯几代同一个祖宗，权益更有些复杂。这棵树长在那里相安无事，谁谁说我拥有百分之几股份，说话似风飘过，真要被砍倒，股东们都来了。大嗓门吵过，脸红脖子粗争过之后，耐着性子坐下来商议、谈判，找一位德高望重的长辈主持公道，可清官终究难断家务事。最终，大树被肢解分割，一截截、一块块，大小长短搭配着，抓阄决定归属。

　　榉树是最好的木材，细腻紧致的木质略呈淡红，号称中国红木。农家置不起货真价实的红木家具，更别说配套和与之匹配的装修了。拥有一张榉树餐桌就足以自豪，足以传子孙了。餐桌有两种，平日居家用餐就用小四方台，过节祭祖、招待宾客才用八仙桌。打一张全榉树的八仙桌，要把当地有名的细木工请到家里，好酒好菜招待。做出来的桌子全榫卯结构，牙板雕花，横枨、桌腿起线，做工简洁、精致、扎实，独幅桌面最佳，双拼也不错。用榉树做的桌子比一般材质沉实、珍贵，所以一般不肯外借。如果配上四张同为榉树的高长凳，够得上地主富农水平了。

乡下人意识中，树和木是两个概念。木头长在山上，枝干挺直，材质轻，稳定性好，不易糟朽。以前大户人家河沿打石驳岸，历经百年，浸泡在河里打入地下的木桩安然无恙，挖出来还能做家具。造房子的梁椽柱檩，门扇窗闼，哪根哪片不是木头？有一段时间，种水杉盛行，大路行道树，成片的绿化带，村前宅后，到处都是水杉。待到成材才发现，水杉木其实不是理想中的木头。

逮个温暖无风的日子，父亲说，今天"抬"树头。农家口语中的抬，就是修剪，不知老祖宗怎么留下这么个说法。父亲提一张长凳，扛一架木梯，示意我拿木工锯子和木工斧头跟着。父亲当主力，我打下手。

农家做事颇多讲究，一年中只有大寒这半月可以"抬"树，可以动土，可以迁坟……除此之外的日子不可乱来，否则坏了风水。诸多禁忌并非都迷信，包含了对自然的尊重。大寒节气，树木处于休眠期，修枝剪叶对它伤害最小，一俟立春，树液开始流动，它能感觉"疼痛"。

一直以为，修剪树木是为了造硬柴，不明白减法与加法的转换。减去多余枝叶，可以给树木更多养分；抬高树冠是为了给阳光让出通道，视野敞亮。父亲从树根开始往上修剪，多余的枝枝丫丫依次清理，开始站在地上，或者垫一张凳子，我负责把树枝拖回场上。榆树和槐树蹿过屋檐了，台风天，向屋子一侧伸展的树枝可能捣坏屋面上瓦片，一大枝统统锯掉。树锯去一枝，怎么看怎么别扭，像失去重心的残疾树，甚至不像一棵树。过一年半载，空荡荡的地方被枝叶伸过来填补，又像一棵树了。好好的一根主干，长着长着分叉了，也有树只往高处不往粗处长，只有闷头，需要包一块尼龙纸，让主干来年发新枝。

说是修剪，剪子用不上，斧子基本用不上。木匠锯子有框，一根锯条，中间一根撑，另一侧收紧的绳索。用着碍事，不似条锯轻巧方便。父亲架好梯子，登一级，试探稳定性。父亲再三叮嘱我扶稳梯子。我双手紧紧把住梯柱，用脚踩住梯脚。父亲一手扶住树干或墙壁，在半空推拉锯子，身体晃动，树身晃动，梯子也在晃动。栽下来没有小事，摔断手足，摔伤腰，摔破头，丢了命的都有。扶梯也不乏惊险，树枝在重力作用下，咔嚓折断，呼啦啦掉落，避让不及会砸到脑袋，划伤脸面。

倒树，不是砍树，也不是锯树。大路边留着的一截树桩，一定是被偷伐留下的。农家倒一棵树，必是连根拔起，一是延伸树材的使用，二是连着树身挖树根省事。屋边一棵楝树，有些年头了。父亲准备用它做一张八仙桌，反反复复测算过，先算四方边抹，再算四条腿，大件材料够了，能省出牙板最好，面心板有现成的。树不大，根围很大，圆径一米的坑下能继续挖近一米，锄头、铁锹、斧子、十字镐一齐上阵，脱了棉衣脱毛衣，终于将树放倒。躺倒的树比矗着的树看起来似乎还大。去掉枝叶，树干要翻到屋后小河里浸泡一两年。

树木未经浸泡，很容易腐烂变形虫蛀。起水后还得经两三年风干。所以等我家用上新桌子少说还得三五年。

河岸几棵柳树，是我造房那年亲手插的柳枝，没几年很像样了。随着河岸塌落，临水一侧树根裸露，树身往外倾斜，几乎横躺在河面。也有的被虫蛀空，半边或半截枯败。父亲准备放倒几棵，随便插几根柳枝，很容易活，长很快的。这回要用锯子，留着树根护坡。

树枝唰唰拖过，路面像被大扫帚清扫过一般，留下拖痕。一个下午，院场堆山积海，蓬蓬松松的树枝堆到屋檐高。

后期基本上都是父亲的活。软柔的树枝扭成草把，不太粗的用小斧砍断，柴符捆扎，大料先锯成一截一截，再用大斧劈开。大斧，相当于消防斧或远洋船上砍缆绳用的长柄斧子。一截树桩子立在地上，父亲双手握斧柄，瞄准，举过头顶，用力砍下，啪——树桩子应声裂为两半。柳树干有碗口粗，远远超过斧口宽度，任你使多大力，一下两下根本劈不开。斧口卡在树桩里，连斧带桩一齐举起，嘭嘭嘭，一次次往地上摔打，累得父亲气喘吁吁。一分为二之后接着劈，劈成六爿八爿。这才是真正的硬柴。树根硬，形态不规则，最不易分解。

硬柴架在场上，横竖交叉架空，像垒砌的碉堡。父亲的手艺好极了，他的眼光就是一把尺子，硬柴一样长短，草把一样大小，柴符扎捆得也一样大小。散乱、粗粗细细、长长短短的一场柴火，经他的手捯饬得整整齐齐。母亲常说父亲手脚好，干活一风一水，惹看。这是天生的，我学不来。

煮猪头、蒸菜、蒸糕、酿酒蒸糯米，必需旺火伺候。

灶膛退尽草木灰，以稻柴引火，野柴持续烧热灶膛，添入细树枝，最后架大块硬柴。烟囱嚯嚯有声，硬柴火呼呼发威，不时有噼噼啪啪的爆裂声，树脂嗤嗤的喷火声，土灶外围都热烘烘的。锅内锅水翻滚，蒸汽顶着漂浮的锅盖。父亲将放满蒸粉的蒸屉坐上锅沿。蒸粉，即蒸米糕的粗米粉。灶膛里的火正旺。"灶头烧坍哉！"母亲形容火力旺。

父亲在米粉中捅了若干筷眼，让底下蒸汽快速透上来。火力大不？他不时问我。米糕不易蒸，火力不够，底下糊住，蒸汽长时间透不到上面，这一蒸（这里作量词）糕就蒸僵了，半生不熟的，猪都不想吃。表面冒热气了，热气越来越多，能看到面上松散的米粉转色，发黏，结成一体，这是蒸熟的标志。接着，撒一层红粉。盖上锅盖，再蒸一会儿。端起蒸笼，将米糕反扣在匾子中。接着下一蒸。

我家蒸过印子糕，也蒸过满堂红。红粉，就是在米粉中加入红色食用色素，昔时叫"洋红"。乘着尚未熟透，红粉中打上印，便是印子糕，不打印叫满堂红，透着喜气。

俚语中，常以煮猪头形容食物耐烧，烧煮时间长。火到猪头烂，表示做工作做到家，问题迎刃而解。猪头算什么，牛头才牛。队里宰过一头老耕牛，硕大的牛头用尽办法劈不开，囫囵按在浴锅里烧煮。硬柴火烧干了几锅水，牛头岿然不动。有老人提议用树根当柴火，继续烧。一坨张牙舞爪的树根勉强塞进灶膛，火头温温吞吞，焐了一夜，树根依然没燃尽。再看牛头，居然被焐烂了，头肉从骨头上脱落下来。